不翼而飞的尸体

The Corpse Steps Out

[美] 克雷克·赖斯 著
金长蔚 译

上海文艺出版社
上海故事会文化传媒有限公司

编委会

总策划 夏一鸣

主　编 黄禄善

副主编 高　健

编辑成员（按姓氏拼音为序）

蔡美凤　高　健　洪圣兰　胡　捷

黄禄善　吴　艳　夏一鸣　杨怡君　朱崟滢

名家导读

/刘敏霞

刘敏霞，中国地质大学外国语学院副教授，复旦大学英语语言文学博士后，硕士生导师，美国加州大学洛杉矶分校访问学者，世界英语短篇小说协会会员。主要研究领域为英美文学和西方文艺理论。出版专著一部，译著一部，在《外国文学评论》《当代外国文学》等本专业核心期刊上发表学术论文20余篇，主持国家哲学社会科学基金研究项目一项，教育部社会科学研究项目一项，省级社会科学研究项目两项。所授课程《英国文学选读》被评为本科生"最受学生欢迎课程"，所指导本科生获得湖北省翻译大赛一、二、三等奖，所指导研究生毕业论文被评为优秀毕业论文。

你知道第一个登上《时代周刊》封面的侦探小说家是谁吗？

答案出乎很多人意料——不是柯南·道尔，不是阿加莎·克里斯蒂，也不是约瑟芬·铁伊，而是美国女作家克雷格·赖斯，时间是1946年1月28日。

在美国甚至世界侦探文学史上，克雷格·赖斯都可谓独特的存在，她创作的侦探小说和她本人一样卓尔不群。克雷格·赖斯是笔名，其原名乔治安娜·安·伦道夫·克雷格（Georgiana Ann Randolph Craig），克雷格·赖斯这个笔名由她父亲哈利·克雷格 (Harry Craig) 和她养父埃尔顿·赖斯 (Elton Rice) 的姓组成。哈利·克雷格是四海为家的艺术家，和妻子常年旅居国外，因此赖斯还在襁褓中就被寄养在亲戚家，后来由赖斯夫妇收养，并抚养成人。据说，年幼时养父经常给她读爱伦·坡的作品，激发了她对侦探小说的兴趣。

赖斯从青少年时期就特立独行，十八岁时离开生活多年的阿特金森堡 (Fort Atkinson) 到自己的出生地芝加哥闯荡，做过记者、广播节目撰稿人、自由撰稿人等。成名前是美国著名脱衣舞娘吉卜赛·玫瑰·李 (Gypsy RoseLee) 的公关经理，两人关系密切，有评论家认为玫瑰·李的《丁字裤谋杀案》(G—string Murders, 1941) 是由赖斯代笔。事实上，赖斯很早就尝试文学创作，但一直未得到认可，直到 1939 年第一部侦探小说《凌晨三点谋杀案》(Eight Facesat Three) 发表才一夜成名。

赖斯一生结过四次婚，其中一任丈夫是垮掉派诗人劳伦斯·立顿 (Lawrence Lipton)。赖斯共有三个孩子，他们大部分时间都寄宿在学校，而赖斯则在家中创作。赖斯的代表作《家庭甜蜜谋杀案》(Home Sweet Homicide, 1941) 具有强烈的自传色彩，小说中的单身母亲整日忙于侦探小说创作，而她的三个孩子则帮助警察破解了发生在邻居家的一桩谋杀案。成名后赖斯还为好莱坞创作和改编电影剧本，为电视和电台撰稿，还为好莱坞明星乔治·桑德斯 (George Sanders) 捉刀，炙手可热。1946 年登上《时代周刊》封面，更成为该领域的第一人。但赖斯在名利双收后逐渐迷失自我,开始借助酒精缓解压力。酗酒不仅毁了她的健康,更导致她在创作上越来越力不从心。1957年8月28日,49岁的赖斯死于酒精中毒和服药过量。

在二十年的写作生涯中,赖斯创作了28部侦探小说,给世人留下不朽的文学遗产。在谈到自己的创作经验时,赖斯声称只是跟着感觉走,下笔前没有任何构思——既没有故事大纲,也没有人物设计,更没有缜密的破案过程,似乎就是拿出纸张,然后不停地敲打打字机键盘,直至小说完成。赖斯说,在创作第一部侦探小说时,第一章进展相当顺利,但后面越写越艰难,断断续续耗时两年才完成。出人意料的是,这部小说大受欢迎,并开启了以该小说中的律师神探约翰·马隆(John Joseph Malone)为主要人物的系列作品。《不翼而飞的尸体》是该系列的第二部,发表于1940年。

赖斯沿袭了硬汉派侦探小说的传统,但又不落窠臼。在马隆系列小说中,赖斯成功地塑造了侦探铁三角:约翰·马隆、杰克·贾斯特斯(Jake Justus)和海伦·布兰德(Helene Brand)。马隆是芝加哥国籍一个无名的刑事诉讼律师,身材矮胖,头发凌乱,脸又红又圆,喜欢美酒和雪茄,经常混迹于酒吧赌场,马隆的好友杰克·贾斯特斯曾经从事新闻工作,后转行做经纪人,同样贪恋杯中之物;海伦是个金发碧眼、气质高雅的富家女,古灵精怪,喜欢喝酒和冒险。三人中只有马隆有过侦查经历,但三人联手却总能出奇制胜。

赖斯善于谋篇布局和环环相扣的逻辑侦探，能恰到好处地给读者提供破案线索的时机，既不让读者自认为比侦探聪明，又不会让读者因毫无头绪而失去兴趣，或因千头万绪而感到疲惫。这一点，相信读者在阅读本书的过程中会有非常深刻的体会。

硬汉派侦探小说的一大特点就是人们熟悉的硬汉神探形象——他们出生入死，无所畏惧，无所不能。但赖斯更加洞悉人性，她笔下的侦探不是天生毫不畏惧，而是酒壮怂人胆，酒几乎成了莱斯小说中最不可或缺的道具，读来颇为滑稽。由于很早就投身好莱坞电影创作，赖斯的小说颇具三、四十年代好莱坞电影的特色，境况离奇复杂，故事情节像电影画面一样紧凑明快，对话幽默风趣，将侦探小说中的惊悚悬疑和疯狂喜剧（screwball comedy）中的玩世不恭、嬉笑怒骂巧妙地融为一体，让人忍俊不禁。譬如，在本书中，谋杀案相继发生，三具尸体中的两具都不翼而飞，马隆、杰克和海伦在搜集证据、转移尸体以及与警察周旋的过程中马不停蹄，左冲右撞，海伦甚至载着一具尸体躲过追捕她的警车，在升降桥升起的最后一刻飞驰而过；杰克和海伦在久别重逢后决定结婚，但意外总是在两人决定去结婚的那一刻发生，而两人在讨论案情时会出其不意地提到结婚一事，然后又若无其事地继续讨论案情，让人忍俊不禁。

赖斯笔下的人物看似矛盾，做事不合常理，但仔细分析，又完全符合逻辑。譬如，破产的亨利·吉布森·吉福德（Henry Gibson Gifford）

为了尊严不得不装疯卖傻，为了保护爱人不惜一切，正因如此，谋杀才显得合情合理，谋杀背后的故事才更加温馨动人；而身世坎坷的女演员奈尔·布朗 (Nelle Brown) 心地善良，总是想尽办法帮助他人，并在爱人破产后勇敢地承担起家庭责任，而她的善良勇敢最终为她赢得了爱情和友情；马隆在工作中经常打交道的警官、负责刑事案件的丹尼尔·冯·弗拉纳根 (Daniel Von Flanagan) 是爱尔兰裔，具有爱尔兰人的典型特征——工作尽职尽责，爱喝酒，但脾气暴躁，为了改变别人对爱尔兰人的刻板印象，特意在自己的名字中增加了冯 (Von)，他最大的愿望是"明天退休"，然后去买个农场养水貂，因为警察薪金微薄，无法给妻子买貂皮大衣。

赖斯给传统的侦探小说注入全新的元素，尤其是将侦探小说和疯狂喜剧巧妙地结合起来，可谓独辟蹊径，独树一帜，令人捧腹的对话和场景，更让故事中的人物和故事外的读者都哭笑不得。譬如，杰克、海伦和奈尔约好在餐馆见面，奈尔因诸事不顺而无心吃饭，身为奈尔经纪人的杰克一边安排工作一边苦口婆心地好言安抚，心情略有好转的奈尔说：

"我希望你是对的。"

杰克说："我确信我是对的。你今天只管放心，好好去表演。而我和海伦也许能挤出点时间，去把婚结了。"

"也许吧。"海伦无精打采地说。

奈尔说:"我要给你们准备一个特殊的结婚礼物,好好弥补你们,尽管我现在还不知道准备什么,但肯定会很特殊。"

杰克建议道:"密歇根大街桥如何?"

吃完饭后,杰克付账时,海伦百无聊赖地将烟灰缸中的烟头、火柴梗和烟盒点着取乐,正好被进来的服务员看到,杰克只好假装一本正经地低声告诉服务员:

"别怕,她是个纵火狂。但除了爱放火,她其他方面都挺好的,就是爱放火。"

旁边的奈尔也假装一本正经地小声说:"是的,我们不得不时时刻刻盯着她。"

为了让服务员确信无疑,杰克又加了一句:"就在上个月,她一把火烧了奥什科什火车站,我们花了不少钱才掩盖过去。"

服务员信以为真,三人总算蒙混过关,没想到不久后杰克和海伦在为了避嫌而围观起火的仓库时,恰好被在场的这个服务员认出,致使二人不得不载着尸体仓皇而逃。这样的对话和场景在这部小说中随处可见,使得原本严肃紧张的侦探小说显得轻松诙谐,为作品增色不少。

赖斯多才多艺,风格明快,手法多变,因而很难给她的作品贴上一个明确的标签。唯一能够辨认的,大概就是合情合理的疯疯癫癫。但仔细分析不难发现,疯癫的表面下,赖斯探讨的内容是严肃的,但探讨的方式却呈现出生活中滑稽甚至荒诞的一面,因此阅读赖斯的作品从来不会有疲惫之感。

　　赖斯为后人留下宝贵的文学遗产。尽管她自称不知道如何写作，但从她创作的系列侦探故事和短篇小说中可以看出，赖斯不仅才华横溢，直觉敏锐，更深谙写作之道，故而才能凭借侦探小说打破男性作家一统天下的局面，在世界侦探史上留下浓墨重彩的一笔。

　　创作这部小说时，刚刚凭借第一部侦探小说大获成功的赖斯信心倍增，写作过程如行云流水，一气呵成。这部小说集中体现了赖斯的文学才华和日臻娴熟的写作手法，不失为了解和欣赏赖斯的最佳作品。值得一提的是，赖斯侦探小说中点缀着富有哲理的俏皮话，相信读者在阅读这本书时会有意外的发现。

Contents

无名尸体 1

内尔·布朗 6

洗脱嫌疑 13

马克思酒吧 23

尸体失踪 33

海琳·布兰德 41

泄密的信 47

疯狂的富豪 58

乔迁新居 68

215公寓 75

圣·约翰的计划 82

秘密试听 91

死亡贵宾室 99

醉酒音乐师 107

谁是凶手 115

消音的左轮 123

芝加哥大街警察局　129

基弗斯死亡论　138

丢失的音效器　145

永不抵达的王冠角　154

埃西·圣·约翰　162

神秘蓝火　171

给约翰的礼物　177

想去结婚的夜晚之一　185

第三具尸体　196

自由的埃西　204

三次谋杀　211

贝比的秘密　221

麦克弗斯的秘密　234

金发女郎　241

浮出水面的真相　254

此马非马　265

最后的温柔　273

得偿所愿　280

无名尸体

宽敞、简陋的屋中,一切是那样的熟悉。自打她上回见过一眼,就没有一件物品在这几个月中动过一动。窗边还是那变得黯淡的棕褐窗帘,其中的一幅仍然似歪不歪地耷拉下来;一样的画作,甚至壁炉上方墙体上那块褪色的污点也依然如故。

她驻足片刻,倾听。无扰。然而那一刻,她竟发现自己还等着谁张口说话。

这间屋子她从未想过会再次见识一番,当然也不曾想到是因为那件事情而来。想起前一次见到这屋子的情景,走出去的时候还信誓旦旦那是最后一次,她不由得颤抖起来,一只手抓着壁炉的一个尖角支撑着。

不经意间，她的视线转向了厨房的地板，生锈的落地灯发出的光线反射着那一小池的血，就像朝着房间伸出手的阴影。再一次，她抑制住了要转身逃离的冲动。

有谁在看着她吗？

不，那不可能。她已经关了门还上了锁。这间屋子除了她，没有也不可能有活着的人了。

然而她转过身去的每一处，都能感觉到有双眼睛在跟着。

突然间，她察觉到四只苍白的指尖印显现在厨房昏暗的绿色窗帘下。那一瞬，她抓住壁炉，与一波波威胁要吞噬她的虚弱、恶心对抗着。如果她晕倒，独自一人与厨房那东西独处一室会怎样？如果有人进来发现她在这儿又会怎样？

在这最让人窒息的时刻，她决定抽身。

但她知道，她仍然不得不做的事情是不可能逃脱得了的。来自无线电那头的声音提醒了她。她猛然又意识到这事儿还得进行下去。无线电不断地播着，舞曲、人声、狂热的旋律、歌声、笑声。

她揣摩着，一小时以前，它是否已被打开？

她慢慢地从壁炉边上放下手，走到窗边，告诉自己，此时此刻，数以万计、十万计乃至百万计的家庭，收音机都是开着的，家人们也仍旧在收音机前相聚。也就在一小会儿之前,听众们把开关旋开,仰躺在舒适的座椅上等待着她的声音。眼下,太平洋沿岸,更多的听众也在注视着他们的时钟,做好准备调档听转播。

现在,在两次广播间隙,还有她必须要做的事情。

她长吸一口气,紧闭双眼,在房间里慢慢地踱起步来,小心翼翼地避开厨房那块脏污的绿色窗帘,摸摸那些熟悉的物品,想想那些熟悉的事情,让自己安下心来。

突然,一声深沉、温暖又如巧克力般浓郁香甜的声音从扩音喇叭那头传出。

"你不再是谁的宝贝了……"

她转身过去瞪着那些木头、电线,就在她转身的刹那,一线诡异的闪烁的灯光一下将厨房窗帘底下那些手指尖印迹幻化成了活生生的、蜷缩起来又伸直的爪子。

"无论怎样,这似乎都不太对劲,

你不再是谁的宝贝了……"

她迅速而抓狂地挪过去,按下键,把那还在唱着歌的家伙关上了,歌词戛然而止。

在一阵出乎意料的沉默中,刺耳但无可争辩的时钟的嘀嗒声提醒她,她几乎没什么时间了。听到这声音,她的力量似乎又回来了。突然之间，她不再是那个伟大的无线电明星、那个上镜率高又富有魅力的名人、社会名流的妻子、受保护的影迷杂志的宠儿。她又回到了少儿时代，回到那些每一口食物都仰赖于智谋与狡诈的日子。那时，每一天的生活都不得不与绝望做斗争。此刻，她提醒自己，她仍然可以和同样的狡诈、同样的绝望般的疯狂再斗争下去。

她毅然决然地将眼光从厨房猛抽回来，开始搜罗起了房间，匆忙、疯狂，还夹杂着某种无序的效率。世界上没有人——或者说没有一个活着的人——更了解那间屋子了。她探查了一下那张仿立式钢琴的书桌，桌子木板上还摆放着那只长长的燃过的香烟，想起燃起香烟那一晚的情景，不禁有些战栗。书桌里除了剪报和未付的账单，什么也没有。壁橱的抽屉柜里只是一片脏衣和袜子混合而成的狼藉。她翻遍整个书架，架子上尽是些标准版经典小说，不那么昂贵但也从未读过。她一本接一本地抽出，抖一抖，还伸手摸摸书的后排。她在双人床的枕头底下摸了摸，这张床掩饰得如同沙发床一般，还试着用手指探探床垫底下。

那张廉价的威尼斯镜子后，仍旧有一小块藏东西的空间，他们曾经在那里为彼此互留纸条。她举起镜子，手指沿着镜边摸索着，略带紫色的灰尘积聚在她的指尖上。只有一只废弃不用的簪子，沾满灰尘，锈迹斑斑，此外什么也没有。她在掌中握了一会儿，瞪眼看着它，认

4

出这是自己的。它一直都在那儿吗？

然而，她前来寻找的东西，她必须找到的东西，也是为了她那件糟糕的事情而来这儿的理由，在这个简陋的屋子里无所找寻。

她正被看着吗？

她站着，屏息聆听，厨房间冷水接口处传出微弱的水滴声（这几个月里那个接口都没有修过吗？），好似迟钝、冷酷而又无情的时钟的滴答声。

剩下的时间少之又少了！

她再一次抑制住自己，不再一个箭头往外冲了。现在，要仰赖她的太多了。有那么多？每件事！当然，她告诉自己，这也不是那么可怕的事情。在这个世界上她还干过更糟糕的事，而且干得勇猛。是的，即便是她自己，这些都做过。

她不仅仅在为自己而战斗，还要为其他人战斗，她一个一个地想起了他们，此时，失去的勇气慢慢地回来了。

没有其他的路了。

她走进厨房，跪在地上，仔细地、有条不紊地开始搜索起了死者的口袋。

内尔·布朗

播音工作室内小操控间里的瘦高个儿将他的长腿不自在地伸展在黑色铬制桌子下，心不在焉地用一只手搅乱他的红发，竭力要将自己疲惫的心智集中在刚才谁对他说了什么。

内尔·布朗表演剧团的第47次广播在演播室观众爆发的一片掌声中结束。他迫使思绪再把几件事情过一遍：控制工程师舒尔茨，最后拧了下控制盘和开关，抓起帽子，在两次节目间隙匆匆离开，去吃个三明治。广告公司的乔·麦克弗斯，像木塞冲出瓶口一般，突然从隔间蹦出，给赞助商打去电话。一如既往的那支队伍，演员、音乐家、音响师以及助手，从演播室鱼贯而出。

接着内尔·布朗就如一股小型龙卷风一般突然来到了那间小玻璃隔间。深色玫瑰红的裙子映衬着她死一般苍白的脸色，目光中冒着狂躁的烟火气。她踢开关着的门，诅咒着那台没让她砸中的仪器，说道："杰克，我被人勒索了。"

他瞪着她，她顿了一会儿，接着点了一支烟，吐出一长串喷雾，又在禁烟标志下把它踩灭，补充道："要真被人勒索了，那真该死！"然后便消失了。

她说的那些开始在他的脑海中慢慢成形。突然他跳了起来，他告诉自己，媒体经理人的部分职责，就是不让自己的客户被勒索。

这次内尔·布朗究竟见了什么鬼？

走廊里已不见她的影子。他拦住了一个侍者。

"先生，是找布朗小姐吗？到会客室看看吧。"

她不在会客室。

"内尔？我看到她坐电梯下去了。"

他坐了下一部电梯。电梯非常拥挤，层层停，就像一辆老式的早班火车。

内尔不在会客厅，不在酒吧，饭店里没有，雪茄摊边也不见。

杰克·贾斯特斯，媒体代理人、经纪人、前记者，再一次怀疑起来，世界上有数以亿计数不清的人口，为什么每件事情都挑中他，让他碰到？

他点了一支烟,努力思考起来。内尔几乎从不在两次广播之间离开演播室。她会不会已经回家了?但该死的她为什么要回家呢?

万一她没有回家,无论如何,他要试着找到她,如果他自己对付得来的话,也不要让托茨不安。

他走进雪茄摊,往内尔的公寓打电话。无人应答。他拿着听筒站了很久,最后放了下来,然后有条不紊地往内尔可能去的每一处都打了电话。

显而易见,五六个电话打下来,内尔已经完全不知去向了。

该死的!他还是得找到她。他看了一下手表,对着提醒栏皱了皱眉,离西海岸的下一次转播只剩四十分钟了。

就在那时,他有了主意。

这几乎不可能。不,上帝,这根本不可能。但这是最有可能勒索内尔的一个人。该死的,一直在浪费时间,刚才为什么没想到呢?他跑到路边,扬招到一辆出租车,给了司机伊利街的一个地址,告诉他,看在上帝的分上,快一点。

出租车停在一长排黑漆漆的建筑前。杰克让司机等着,跳上台阶,进入一个多边形的大厅,登上黑灯瞎火的楼梯到了二楼。从这糟糕的一排房子中的某一户,传出某种暴乱的骚动。他嬉笑了起来,自己也曾经到这幢楼来参加过几次派对!有那么一会儿他但愿自己不用再去录转播了。不是因为他认识这家开派对的人家,而是,录不录都一样,没什么不同。接着他想起了他的使命,收起了自己的嬉笑。

他敲了敲215房间的门,等待着。无人应答。他注意到一丝灯光透过横梁照射着,又敲了敲,比刚才响一些。几乎听不到什么声音,只有外边地狱般的喧嚣声持续不断。最后,他狂躁地连续猛敲,门微微地半开,继而敞开了。

内尔不在,房间里也没有人。

他慢慢地走进去,小心翼翼地,心里思忖着下一步做什么。接着他看到了厨房里的那具尸体坍塌在地板上——这个内尔·布朗可能来找过的男人,也可能是勒索她的那个人——油布上模糊的一团浸润在一小池血迹中。

这个男人死了,被枪杀或者不是被枪杀。杰克冷酷地想道,现在对于他而言做什么都回天无力了。

他在那儿站了一会儿,一只手缠绕着厨房间那块破旧的绿色窗帘。报警的念头涌上他的心间,但立马就被否定了。

勒索或没有勒索,她为什么要那么做呢?

他提醒自己没有时间去细细思考了。内尔也许留下了一些痕迹。他迅速而仔细地挪动着步子,在房间里逐一查看。什么也没有。

最后他小心地翻了下死者的口袋,没有发现纪念品或者跟内尔有关的东西。在一个折弯的皮夹里，有一包异乎寻常的胖鼓鼓的20美金钞票，杰克皱了皱眉，那些钱究竟从哪儿来？一星期前，他已经没钱了，一文不名了。现在，这儿倒有一把叠起来的钞票。杰克感到一阵同情的遗憾。一直以来，这个男人过得如老鼠一般，然而在身无分文这么久后，他没有花完那些钱，实在太遗憾了！

好吧，这里没有内尔的东西。

他看了看表。还有十四分钟就录转播了。

他最后匆匆看了一眼这间屋子，看看没有留下自己拜访的痕迹，留下门微微地半开着，就像他刚才发现的那样，接着全速跑向等着他的出租车。

"快走，伙计！"

司机点了点头，沿着大道飞驰，然后马上又陷入了无望的交通堵塞中。

内尔·布朗在哪儿呢？

杰克·贾斯特斯咒骂自己是最蠢的蠢蛋，为什么不一开始就去那儿找她呢？为什么他找不到她，她去了哪儿？或者，即便没有找到她，为什么不返回工作室，安排一个替身去录转播呢？

现在大家都陷入了困境，除非谁有足够的头脑去应对，不过这点他很怀疑。他再次掏出了手表，现在只有六分钟了，他不在，他们会怎么做？可能丢出各种各样的替代方案，而那赞助商，尊敬的高曼先生，则会抱着一窝的美洲豹崽子。比起所发生的一切，鬼才会镇定且不动声色。他打算怎么让内尔摆脱困境呢？

司机把他撂在门外，离转播还有不到一分钟的时间。

他跑着穿过大厅，冲进一部等待着的电梯中，喘着气说道："晚了，内尔·布朗的转播晚了。"

电梯本是用于紧急情况的，电梯操作员还是点了点头，砰的一声关上门，电梯中途未停，急速地上升了。

工作室门口，电梯停了下来。杰克走进接待室的那一刻，有人打开了扩音器。一个温暖、丰富、带有戏剧性的声音，平静如傍晚的湖面，毫无疑问地、完完全全地充斥了整间屋子。

"金色的月亮……挂在子夜的天空……"

一股猛烈的、几乎令他承受不住的轻松的浪潮淹没了他。他倚着墙靠了一会儿，屏住了呼吸。

这是他想到过的最愚蠢的事了！仅仅因为内尔·布朗的前任被人枪杀了，他都差不多要把内尔绑到电椅上去了。这个内尔·布朗杀了人的愚蠢的想法！她可能连附近都没到过。

他一溜烟进了控制间，擦了擦额头。舒尔茨同情地朝他咧嘴笑笑，把他推进那张不太舒服的黑色皮质且带着铬管的椅子里。

她就在那儿，站在播音员鲍勃·布鲁斯的边上，脸仰着，正唱着歌。声音中没有颤抖，甚至连一丝颤抖的意思都没有。

不管在两次转播之间她去了哪儿，她平安地、时间充裕地回来了。闪亮的金黄色波浪头发没有一根发丝被搅乱；她精致的、花儿一般的脸庞——虽然跟以前一样苍白——刚刚施了粉黛，深色玫瑰红的裙子也是新的，没有褶皱。

但是她的手帕！

在她唱歌的时候，紧张不安地用那块硕大的、浅绿的雪纺手帕拂过她的手，手帕角落里露出一块丑陋的污迹。

她离开工作室的时候，手帕并不在那儿。

即便隔开了控制间厚厚的玻璃窗，杰克·贾斯特斯能看出那是血迹。

洗脱嫌疑

杰克让出租车司机绕着格兰特公园兜圈,直到叫他去别的地方为止,然后他合上了玻璃车窗。接着,他转向内尔,她已经在角落里缩成了一团。"保罗·马奇已经遭到了报应,你为什么还要那样做呢?"

"我不知道你在说什么。"她阴沉沉地说。

他小心翼翼地在她的膝盖上摊开了那块绿色雪纺手帕,这样那块污迹就黑漆漆地显露了出来。

"内尔,枪你怎么处理的?我希望上天保佑你已经把它丢进河里了。"

"我从来没有什么枪。我没有杀他。"

他疲惫地咒骂着，最终，也不再重复了。

"杰克，请相信我。"

"我才不在乎你有没有杀过他。我的工作就是让你远离麻烦，我也正要这么去做。不要忘记你的合同要续签了。你杀没杀那个家伙不关我的事，但你能否告诉我，你哪儿弄到的枪，你又用它做了什么，谁可能会看到你去了那儿，这样我就知道我第一步要做什么了。"

"可是我没有杀他，杰克，你要相信我。是的，今天晚上我是去了那儿。没错。但是我没有杀他。"

"刚才你说过了。"他闷闷不乐地说道。

"我去了那儿。去年冬天，我给他写过几封信。"

杰克问道："写信的后果很糟糕吧？"

"嗯，相当温情。他是一个——哦，还是不提了吧。无论如何，他把信留了下来。在他给我打电话想向我借钱的时候，我本该料到这事要发生的。"

"他借到了吗？"杰克饶有兴趣地问。

她的回答简单，但充满谩骂和不敬。

"嗯，"他温和地说，"我没想到你会这样。"

"我不介意借钱给朋友，但不会借给一个臭鼬，尤其他那样对我，更不会借了。"

"我不怪你，"杰克说道，"但是说下去吧，他收到你的那些信。他想要问你借钱。从那儿继续讲下去。"

"杰克，我说我本该料到这事会来的。不管怎样，我今天收到了他的信。他送来一张便条，说要卖了我这些信。你可以想象，"她动情地说，"如果托茨知道了，那会发生什么。"

"托茨，"杰克说道，"或者崇拜你的大众。"

"哦，该死的大众。你就不能在这样的时候想到些别的吗？好吧，不管怎样，杰克，我没打算把他弄死，至少不会对那只老鼠下手。我在两次转播之间去那儿，是要吓吓那个该死的家伙，然后不费一分一厘把信拿回来。"她沉思了一会儿，又补充道，"要不是哪个杂种先到了那儿，把他杀了，我也会杀了他。"

杰克轻蔑地问道："那谁会想要开枪打死他？"

"谁不想？"内尔反诘，同样的轻蔑。

他努力去想一个答案，但是想不到，又问道："那些信你怎么处理了？"

"我什么都做不了。没找到。"

"你什么意思，你找不到那些信？"

"我说了，你也听到了。它们不在那儿。"

他小声咕哝道："上帝啊！"接着，把香烟掐灭猛地丢出车窗外。

"亲爱的杰克，我到处都看了，除了没有把墙纸撕开，我什么都做了。那些信哪儿都没有。"

"这没道理啊。"他傻傻地说道。

"要么他不是真的留了下来而是想要吓唬我，要么就是现在另有其人得到了它们。"

他大声地质问默默不语但还是公正无私的苍天，为什么要承担起管理内尔·布朗的职责。

还是一如往常，他带着某种不情愿的赞赏看了看她。在两次广播之间，她去吓唬一个勒索她的人，想要拿回那些她写给他的愚蠢的信件，接着发现这个男人死了。她走进的是一间她必定极度熟悉的房间，然后被一具已然遭人谋杀的、仅仅几个月前她还疯狂热恋的男子的尸体绊倒（或者她找到他的时候他还活着，离开的时候死了？），不管发生了什么，她在第二次广播之前做了一件宏伟之事，顺溜得就像什么都没做一样，就连最琐碎的事情，都没能烦到她。

内尔·布朗选择在这个时刻扑在他的肩膀上，把头深深地埋了进去，大声地、孩子气地抽泣起来。

"他曾经对我甜言蜜语，杰克。但也只是甜言蜜语，况且又不能当饭吃。今晚你去过那儿了，能想象一下那是一种什么情形吗？那一年冬天——还记得吗？我曾经住在那儿，他在壁炉里生了火，为我脱下雨鞋，我就看着雪隔着窗户飘落下去。今晚一切看起来都是原来的样子，桌子的一头还是放着那只小小的铬制烟灰缸，我们用香烟优惠券买来的那个。可是他躺在厨房的地板上，死了，躺在血泊里，杰克。曾经，我和他在一起是多么的快乐。还记得后来乔·麦克弗斯炒了他鱿鱼吗？太糟糕了。后来他告诉我，他打算制作一个秀。他并不真的关心我，只是想要把我的秀拿去做。还记得你陪着我连续三个晚上熬夜吗？还记得我因为要排练，永远都清醒不了，你就带着我去了那个可怕的洗蒸气浴的地方吗？我可以发誓他那时是爱我的。哦，杰克，他说过的那些话不可能只是说说而已。"

有那么几分钟，杰克只是温和地抱住她，让她一说再说，直到最后，她突然笔直地坐起来，用镇定、完全清晰的声音说道："我想知道那些信现在他妈的在哪儿。"

他看着她，疲惫地摇了摇头。不，他从来都不太了解她，也没谁会了解她。

"还有那些钱，杰克。他从哪儿弄来的那些钱？我没有给过他。"

"总是谁给他的，"杰克若有所思地说道，"为什么？没有人会借给他那么多钱。"他琢磨了一分钟，又说道，"他把信卖给别人了。或者他勒索谁，然后那人就开枪打死了他。或者——但是为什么杀了他后又不把钱拿回去呢？"他叹了口气，"他勒索了某个人，我们称他 A，然后某个人，我们称B，进来杀了他。这他妈的太复杂了，内尔。你一定是自己亲手杀了他。"

"见鬼去吧！"

他慢条斯理地说道："除了信的问题，今天晚上你去那儿可能也被看见了，或者有人可能还会想起去年冬天你跟他共处了很长一段时间。在我看到他的一瞬间，我得出结论，是你杀了他。那么，宝贝儿，一支十二个人的陪审团也会得出相同的结论。"

"不，杰克！哦，不！"

"这的的确确会落到某个人的头上，"他镇定地告诉她，"即便最后没有判你杀了他，你仍然有可能被这桩肮脏卑鄙的谋杀案件搞得一团糟。你也知道广播里那些人遇到类似的事情后都遭遇了什么样的结局。还记得在那件丑陋的离婚诉讼案件中，安妮特以通奸犯被定义后发生了什么吗？小个子的漂亮女演员安妮特，连镇上的导演都不想再碰她了。"

"我知道，"她若有所思地说道，"上周我帮安妮特付了房租，天知道她还在烦什么。"

"嗯，"他说，"宝贝儿，有句老话，很老的话。什么都可能落到你的头上。"

"还有托茨，"她说着，声音突然抽紧了，变得严酷起来，"托茨，如果他知道了，哦，杰克，那就糟了。杰克，一定不可以让它发生。"

"当警察以他们可怕的穷追不舍的方式开始探查的时候,这还是可能发生的。"杰克告诉她。

"杰克,在我发现他的时候,我本不该报警的,对吗?"

他向后倚在垫子上,对着天空狠狠地数落着内尔·布朗。

"见鬼,"她说道,"没有人会那么蠢,至少我知道我没那么蠢。"

"警察马上会发现的,"他说道,"没有我们的帮助,他们也会发现的。就祈祷他们不要发现我们两个今天晚上闯进去过了吧,你还要祈祷,那个拿了你信的人,是你的朋友。"

"你什么意思,杰克?"

"我的意思是,可以想到,有人拿着这些信自己去勒索了马奇,又为了这些信谋杀了他。这个案件可能还是跟钱有关。"

"钱,"内尔·布朗轻蔑地说道,"到底谁那么要钱?"

他简单而直白地提醒她,她也有要靠售卖奶奶墓碑前的花来换上一杯咖啡和一只汉堡的日子。

她不理睬他的话,说道:"但是,如果拿了我信的人是我的朋友——"

"那么保罗·马奇可能是为了让你摆脱困境而被谋杀的。"他看了看手表,"听着,宝贝儿,我们以后再应付那些事吧。眼下,你要去马克思酒吧。秀场的每一个人都要去那儿,大家都期待着你。你要给人留下对于发生过什么一无所知的印象。托茨让你今晚回去?"

"不。"

"你跟贝比有约?"

"是的。"

"嗯,贝比一出现,你尽快送他回家。聚会结束之前,我不会让你离开我的视线。"他敲了敲玻璃窗,告诉司机带他们去马克思酒吧,"不管怎样,我就帮你到这儿了,但是你要严格按照我说的去做,每一分钟。"

"我会的,杰克。"

他欣欣然地确信,他这招可靠。

到了马克思酒吧,他在门口踌躇了一会儿,"迅速到洗手间去洗洗脸,我在这儿等你。看在上帝的分上,先把那块该死的手帕藏好,然后有机会就烧了它。"

"好的,杰克。"她的声音听起来似乎太温顺了。

杰克决定不再忧心忡忡了。幸运的是,马克思酒吧是今晚她被人看见的最好的地点了。这是一家舒适的、不那么正规、有点吵的饭店兼酒吧,内尔·布朗表演剧的演职人员在秀场结束后通常会聚在这里。每个人都会记得内尔·布朗去过那儿,每个人都会记得她一如既往的轻松愉快(他希望如此)。

奥斯卡·贾珀斯半路拦下了他:"你们两个这段时间到底去哪儿了?"

"坐在出租车里绕着格兰特公园兜风。"杰克说道。

奥斯卡赞赏地笑了笑,整个下巴都在抖动:"很有趣。"

这也没什么,杰克反思着,好比你想要作为智者而享受名望,就得说真话。

接着,内尔到了,平静的脸上没有一丝泪迹。浅绿色的手帕紧紧地缠绕在她的手镯上,看不出一丁点污迹。

"洗过了。"她恶作剧般地低声说着。

在一间大屋子的尽头,迎接他们的是一片热烈的欢迎声。接着一阵忙乱,调整桌子、换椅子、点饮料,等每一个人再次安定下来的时候,杰克就坐在内尔的旁边,他本来就想好要坐在那里。

他不紧不慢地抿了一口黑麦威士忌,环视了整间屋子。他思忖着,要袭击一位广播艺术家,从哪个方向抛块砖头都是做得到的(为什么会做不到呢?)。鲍勃·布鲁斯,大个子、金发,长相英俊(他那张好看的脸是生活对他的考验);麦克弗斯,看上去似乎永远也睡不醒(他从来都是这样的);卢·西尔弗,一位头发油亮的小个子男人,正在一位涂着厚厚睫毛膏的浅黑肤色女人面前显摆;一位戴着眼镜、留着红胡须的陌生人(他们从来都不知道他是谁);脸色苍白、十分挑剔、操着波士顿口音的约翰·圣·约翰和他那位棕色头发的持家型妻子埃西·圣·约翰,她真的非常有趣(杰克回想起了周末奥斯卡的家庭聚会,不禁优雅地泛红了脸）；一位身着蓝色紧身裙的长得特别好看的金发女郎，还有坐在内尔另一边的回避不了的贝比。

对于杰克而言，这一切很奇怪，不真实。一如既往的谈话，还是那样絮絮叨叨，酒还是那些酒，照样有人要把埃西·圣·约翰塞到桌子底下去。而六或八个街区开外，有一具蜷缩成一团的尸体躺在厨房的地板上。他记得，多少次这具躺着的死尸与这群人一起出现在马克思酒吧，看在内尔的份上，每个人都试着对他友好。去年的宠儿，杰克冷酷地想到。

他再次慢慢地环视了这一桌。是否有人在两次广播之间溜到那个破烂不堪的公寓里杀了人？但会是谁呢，为什么要杀他呢？

或者，终究还是内尔干的呢？

马克思酒吧

"你是如何成为一名广播明星的?"那位红发陌生男子问内尔。

杰克思索道,成为广播明星的惩罚之一,就是每个人都问你你是怎么走上那条道的。

内尔轻描淡写地假笑了一番,说道:"嗯,我曾经在内布拉斯加州小镇的唱诗班里唱歌,那是我长大的地方,有一天——"

"啊呀,见鬼!"奥斯卡咆哮起来,"杰克就不能给你写个好点的故事吗?"

"他写过,"约翰·圣·约翰平心静气地说道,"事实上,写过几个了。哪天你不能写个真实的故事吗?"

杰克咧开嘴笑着说道："也许吧。"接着，自己思索起来，如果他真的写了，那会是什么样。内尔曾是一位五流夜总会里廉价艺人的女儿。她在学校念了几年书，住在地下室公寓一间破破烂烂的单间里，一有母亲作陪，就追到社区影院看电影。这些，构成了她的童年，也是她所受的全部教育。

"你是怎么进入'秀'这一行的？"红发陌生男子追问道。

内尔眼睛直勾勾地看着他，告诉他，她就是出生在后台的，六岁就扮演小夏娃。红发男子带着怀疑的目光饶有兴趣地看着她，这时杰克想起内尔十二岁时被旅行医学秀节目的老板领养了。他曾见过她的一些照片：一个瘦瘦的、格外迷人的长腿孩子，一头卷发，一双巨大但充满饥饿感的眼睛。两年后，她自称十六岁了，开始亮相于一个二流滑稽剧团公司的合唱队。

从那个剧团到内尔·布朗表演剧团，那是一段漫长的路。杰克深深地叹了一口气，又点了一杯黑麦威士忌，反思起来，如果这件谋杀案走岔了道，内尔可就要迂回退到二流滑稽剧团公司了。

"不要讨论我了。"内尔对红发陌生男子说道，眼睛又大又水灵，"说说你吧。"

这一桌内尔的朋友欢快地爆笑起来，而陌生男子也陷入了一种沮丧的沉默中。

"事实是，"奥斯卡·贾珀斯说道，"内尔十七岁的时候，做了群众演员，整件事就是这样开始的。"

他没有多加一句，内尔十七岁的时候，她已经有大约五年或多或少的演艺生涯以及一段婚姻，这段婚姻在她的丈夫与堪萨斯城的警察火拼后戛然而止。但是好奇的陌生人显得很满意。

约翰·圣·约翰选择那个特别的时刻提问："你的脚本找到了吗，内尔？"

内尔花了几分钟讨论了一下那个忘记叫什么名字的人，他可能在广播之前从工作室偷了她的脚本，使得她不得不在最后一刻又补了一份。她还暗示道，做出这种事情的人，他的上一代就有一个处于社会底层的文盲、非洲裔、未婚妈妈。

红发陌生男子看上去有点儿吃惊。

约翰·圣·约翰稍稍抬了抬他的左眉毛，咕哝着，把脚本忘在工作室里，那是不可原谅的粗心大意。杰克压抑着要询问他的冲动，他想知道对方那头苍白的头发到底是建筑制图员梳的还是注册会计师梳的。

有人又送上了新一轮的饮品。

涂着厚厚睫毛膏的浅黑肤色女人倚靠到桌子上，问道："布朗小姐，你以前没有和迪克·代顿的乐队一起唱过吗？"

内尔点点头："唱了差不多一年。也就是在那儿我遇见杰克的，他那时正打点代顿乐队。代顿是一个巨大的成功,而我也是一个巨大的成功,于是我们就分道扬镳了。"

麦克弗斯打破了他惯常的忧郁型沉默。"十八个月前,我让内尔都准备好在合同上签字。她自己的秀,以她自己名字命名的秀,还有大把大把的钱。然而她跑去结婚了。"他悲伤地望着他的玻璃杯。

杰克想知道,为什么那么多公关经理代理人总要标榜自己承受过某些重大的个人悲剧。他所知道的在乔·麦克弗斯生命中唯一的一个真实的悲剧是,他的宠物赞助商,高曼爸爸喜欢钓鱼,而他不喜欢。

红发陌生男子向他私密地小声问道:"布朗小姐结婚了?"

杰克点点头:"亨利·吉布森·吉福德。"

陌生男子露出赞赏的目光:"社交名流、百万富翁,我知道他。"

"不是什么富豪了。"杰克提醒道。

陌生男子看上去略有所思的样子:"他六十了吧,不是吗?"

"心还年轻着呢。"杰克说道,心中念想着这男子可以走了。

"说说托茨吧?"奥斯卡·贾珀斯亲切地问道,一边把他那胖乎乎的手从蓝衣金发女子肩膀上拿了下来。

杰克点点头,希望红发陌生男子能把目光转到奥斯卡身上。

"芝加哥城里,他是他那个年龄段或者说所有年龄段的男人中最帅的。"他听到奥斯卡喃喃自语道,"整个美国数他穿得最好,整个文明世界里他那头帐篷型的白发和胡须最美丽。"

杰克回想起了目光明亮、热情洋溢的内尔,她曾让他相信,亨利(虽然那时她还叫他托茨)是如此的可爱,她崇拜他。当然,她是为了钱而嫁给他。她要是不嫁给他,那就是傻子,不是吗?但是他就是这样的一只小羊羔,以至于即便他是世界上身无分文的人,她也要嫁给他。杰克那时给她讲了她所能想到的最甜美的故事。

奥斯卡此时正跟红发陌生男子解释说,如果吉福德没有破产,如果他的公司没有倒闭,弄得他除了身上的衬衫、公司的抵押贷款外一无所有,内尔可能永远也不会回到无线广播行业来。

"但是亨利·吉布森·吉福德在破产后没有精神错乱吗?"红发陌生男子小声地问道,他的声音两个街区以外都能清楚地听到。在他吐出最后一个词的时候,三个人同时在桌子底下踢他。

"他产生了幻觉。"奥斯卡小声说道,一丝微笑的阴影掠过他那欢乐的、如月亮般朦胧的脸庞。大家开始讨论起了当晚的广播。五杯酒下肚,红发陌生男子想起了他一直要问内尔的问题:"你是如何成为广播明星的?"

那时,内尔已经做好回答的准备了:"如果你告诉我你是怎么变成笨蛋的,我也会告诉你。"陌生男子又一次被弹了回去。

聚会又开始讨论广播了。杰克发现,他能够愉快地回答各种问题和评论而不会对自己所说的话恼火。他听到圣·约翰冷冷地称呼内尔旁边的年轻男子"宝贝",也注意到那位男子脸上掠过的眉头。

他觉得有点儿对不起贝比:不管怎样,他的真名到底是什么?哦,是的,梅西·麦基。内尔叫他贝比也不足为奇。他跟内尔生命中稀疏平常的男人有那么些不同。年轻——对于内尔而言有点儿太年轻了。他想——一个从东部什么地方第一次来到芝加哥的人,也是一个不赖的演员。奥斯卡赞赏过他的工作,没有比他更好的评判者了。嗯,他跟内尔的那点儿事给了他机会展示他所拥有的才艺。到了他们关系破裂的时候,他应该已经作为演员建立起了自己的地位。

杰克想知道这个男孩是否知道那件事,这也提醒了他内尔目前所处的混乱局面。

"不要忘记把贝比送回家。"他轻声地对她说。

她点点头,三杯酒下肚,这位年轻男子离开了。

以杰克来看,这不是一个成功的聚会。也许,他告诉自己,那是因为他太清醒了。或者,也许是因为他试图要从围在桌边的一群人中挑出一个可能的谋杀嫌疑犯吧。

他朝内尔投去警告的一瞥,小声地清了清嗓门,不经意地问道:"最近谁见过保罗·马奇了吗?"

那一瞬,仿佛一场大规模的瘫痪击中了这个聚会(不过,他事后想到,当着内尔的面提起保罗·马奇,大伙被他的不机智震惊到了。)。

喘息片刻后,几个人小声说道"没有",接着其他人也匆匆忙忙地转移了话题。他觉得埃西·圣·约翰、奥斯卡·贾珀斯、乔·麦克弗斯、圣·约翰以及红发陌生男子都变得脸色苍白,神色愧疚。他想知道他自己是否也变得那样。

他得出的唯一一个积极的结论是,费心地去保持清醒,想谁杀了人谁没有,这简直是个愚蠢至极的想法。他叹了口气,放松一下,点了两杯黑麦威士忌,希望自己是背对着宣传员迪克·代顿和他的舞蹈乐队而坐着。

奥斯卡·贾珀斯开始侮辱起了麦克弗斯。奥斯卡总是依靠侮辱某些人来感受愉悦。他宣称,于他而言,麦克弗斯是世人所知的伟大的制片人。每个人都知道他是世上现存最优雅、最好心的人。如奥斯卡·贾珀斯一般肥胖的人,还真没有人能这么侮辱别人。麦克弗斯还是美美地接受了。每个人都在侮辱他,就好像理所当然一样。这就好比亚美尼亚人,杰克想到,人们总是在屠杀他们,因为这似乎是如此的恰当。总有一些郁郁不乐的人生来就被虐待;他们长大以后要么还是亚美尼亚人,要么就做了广告公司的客户经理。在被羞辱的时候,乔·麦克弗斯总是流着汗,露出深深的歉意。

杰克突然想起,乔·麦克弗斯没参加录播。这就滑稽了,他想知道他去了哪儿。

约翰·圣·约翰到楼上闲逛去了,玩了一场赌博游戏,输了二十美金。每个人都在窃喜,他不在的时候,埃西·圣·约翰约会了鲍勃·布鲁斯,然而每个人都假装没听见。穿蓝色紧身裙的金发女郎问杰克,她如何能在电台找到一份工作,还给了他电话号码,不过他马上就弄丢了。红胡须的陌生男子则在桌上打翻了自己的饮料。

这像极了杰克所能记得的在马克思酒吧的每一个晚上。只有一个人,他也在马克思酒吧欢度了许多个良宵,此刻却躺在一间狭小的厨房的昏暗的绿色窗帘背后,死了。

涂着厚厚睫毛膏的浅黑肤色女人扇了卢·西尔弗一巴掌,也许她理由充分,接着离席了,卢在后面追赶着她,奥斯卡评价卢·西尔弗,说他花了人生一半的时间追女人。

"得手过吗?"陌生男子问道。

奥斯卡见卢·西尔弗独自而归,说道:"没有。"

卢·西尔弗弹着跑调的钢琴,内尔应座位上每一个人的要求唱着歌(杰克想着,要为每一个给她点过饮料的人唱歌,她得唱上整个晚上。)

最终,让他感到宽慰的是,回家的时间到了。平常会有一阵混乱,谁去哪儿,上谁的车,在这一阵混乱之中,他设法让内尔离开而没人察觉到他们走了。并不是所有人都会关心。她喃喃自语着自己的命运掌握在他的手里，将她的头蜷在他的膝盖上，睡着了。

杰克突然灵机一动，他告诉司机，沿着伊利大街笔直往下开，慢慢地开。该死的傻子做的事情，他自言自语，不过他也很好奇，想知道谋杀现场现在究竟会是一种什么样的喧闹场景。

事实上根本就没有什么喧闹。没有灯光，人行道上没有围观群众，也没有警车停在这幢狭长的、低矮的建筑前。什么都没有。

是不是谋杀事件还没有被发现？

显然，这不仅可能，而且是真的。好吧，现在这事在任何一分钟都会败露。他远远地望见了那座建筑。人们整日整夜进进出出别人的公寓串门，迟早有人会串门串到215室。

过了一会儿，他把内尔放到床上，盖上毯子，遮住光线不让照到她的脸上，站着看向她。

内尔·布朗，平时排练中稍有闪失就会怒火喷发的人。从滑稽剧团那家廉价夜总会或是天知道是什么地方积聚多年的怒火，总让她在生气时语惊四座。不过盛怒之后她又会迅速地平复。她的歌声与表演极具戏剧素养，包括她欺负可怜的代理乔·麦克弗斯的方式。她的那些出格的事情让杰克的红发变得花白，她倒是远离了麻烦，那些失去理智的风流韵事总是灾难性地收官。她实在的友情和慷慨，让人在接触之后感觉良好。她与托茨的甜蜜与温存总是把杰克的好奇心收得紧紧的，一直提到喉咙口。

现在，这桩谋杀案件错综混乱。杰克思忖着，她才二十三岁！还有更多的事可能发生。

他给自己倒了一杯酒，把无线电调至警讯台，坐着聆听起来。

"117号车注意，前往麦尔维亚街1219号，酒馆骚乱。W-P-B-D发布，221号车注意，马奎斯大街716号接到一起狗咬人报告。221号车注意，马奎斯大街716号，一起狗咬人报告。W-P-B-D发布，415号车注意，街道拐角处出现一名嫌疑男子，在——"

他给自己倒了第二杯酒。

"W-P-B-D发布，134号车注意，州立街榆树街街口，一名警察寻求支援——"

"长官，打电话叫警察去。"杰克高兴地说着，继续听下去。

"沃八什发布，152号车注意，沃巴什市第八街，一名男子躺倒在人行道上。W-P-B-D发布，123号车注意，一只猫被困在一根排水管中，位于——"

一小时后，他关掉了收音机，意识到他可以从明天的晨报中读到所有这些新闻。无论如何，今晚他什么也做不了。他关了灯，在椅子上睡着了。

尸体失踪

早晨八点,他拿一块湿冷的毛巾为内尔擦脸。她眨眨眼,醒过来,盯着他,突然猛地坐起,身子直直的。

"杰克……昨晚……出事了……"

"一起谋杀案,"他平静地点了一支烟放到她嘴里。

她一动不动地躺了很久,面如死灰。

"我们去马克思酒吧了吧,我怎么到这里来了?"

"搭货运电梯来的,我用肩驮着你,就跟驮一袋子土豆一样。"

"我才不信呢!"

"不信你问门童,他每次都帮我用货运电梯搬女人。"

"我看你只有这么干，才能把她们弄到这里来吧。"内尔若有所思，语带嘲讽。她瞥到了那件玫瑰色的塔夫绸裙子，说道，"我最好叫人送些衣服来，好穿着回家去。"

"这种琐碎小事，我已经处理好了。"

"就没有你想不到的。好一个经纪人！"她从床上溜下来，双脚着地，鼓足勇气昂首挺胸地稳稳站好，然而最终败下阵来，打了个寒战。"但你不该让那两个中国人在我的嘴里自杀的。"

"洗手间里有一支新牙刷和一罐面霜，但愿是合适的品牌型号，我专门出去给你买的。咖啡和晨报一会儿就要送上来了，你最好冲个澡，打起精神，做好准备。"

"遵命，医生！五分钟之后，我就是一个全新的女人了。"她戛然而止，过了好大一会儿才面色苍白地接着说，"杰克，杰克，你没听说什么吗？"

他摇摇头，"报纸上会有的，宝贝，去洗澡吧。"

她从洗手间出来时，咖啡和报纸已经送到了。她披着一头湿搭搭、亮闪闪的金棕色长发，脸上刚扑了粉，娇小的身体几乎全包在了杰克的浴袍里。他把咖啡和报纸平均分成两份。

欧洲危机、好莱坞明星离婚、议员夫人遭抢劫、城郊犯罪调查、印第安纳州阿尔卡特郡一位高中女生失踪、几份国会调查、两人车祸丧生，头版再没别的了。

"绝对是头版新闻，"杰克以一种职业的轻蔑口吻小声咕哝出几个字。

没有伊利街谋杀案的消息，第二版、第三版、第四版都没有。整份报纸只字未提。他们把报纸翻了一遍又一遍，最后一脚踢到床下，然后呆呆地坐在那里看着对方。

"杰克，这是不可能的！他们肯定发现他了！一定有人发现他了！那扇门……你知道的。你说你走的时候没关门，应该会有人进去看到啊！那座楼里的人总是东逛西逛的，尤其是有派对的时候，而隔壁就有一场派对。杰克，我快疯掉了！做点什么吧。杰克，一定有人发现他了……"

"闭嘴，"杰克说道，"我会弄清楚的。"他拿起电话，拨了个号码，等了一会儿，"我想找保罗·马奇。"

内尔心慌意乱地在房间里走来走去，他把听筒贴近耳朵。"很明显，还没有人发现他，房东太太说要给他打电话。"一阵漫长的等待。"喂？能不能麻烦您上去叫醒他？我有很重要的事。"他坐下来，又一次把听筒贴在耳朵上，然后是更漫长更痛苦的等待。

"太卑鄙了，"内尔说，"你让她上去发现尸体，这也太卑鄙了！"

杰克不耐烦地说："行了，去他妈的，会有人发现的——喂？好的，谢谢您！不用了，我会再打过来的。"他缓缓放下电话，一脸疑惑。

"杰克!"

"她说,"杰克很平静地说,"她说他不在家,她说很明显他昨晚没回来。"

一阵漫长而不安的沉默。

"可是,"内尔欲言又止,"可是,不,这不可能。"

杰克点了一支烟,走到窗前,站在那里望着窗外。"内尔,我现在明白了。当然,理智的做法是静静坐等事态发展,但我不打算那么做。"

"杰克,你想干什么?"

"我还没想好,给我一点时间。"

他继续忧郁地凝望窗外。

内尔的女佣送衣服来了,正好可以让两人转移下注意力。杰克贴心地下楼去买他并不需要的香烟,十五分钟之后回来,内尔已经换了一番模样:身着浅棕色羊毛衫,衣领上是厚厚的红狐狸毛;顺滑的长发披在肩上,闪闪发光;手里揉捏着一顶柔软的毡帽。

"很美!"他赞赏地说道。

"杰克,你得做点什么。你必须得做点什么。我受不了了!"

"哦,你能受得了,你已经完美地接受这事儿了。"他站在那里,久久地凝视着她。怎么会有人如此可爱又如此脆弱!怎么会有这么多事儿都被这一个人赶上了!现在好了,又多了一项,谋杀!太不公平了,天哪，这也太不公平了！他只想安安静静地做个经纪人、媒体代理人，而现在，他得面对一场慢慢酝酿的大地震。

"你最好回家去，"他最后说道。

她点点头。"托茨等我好几个小时了，这会儿他大概正担心自己要发疯了。"她苦笑了一下，"或者，也许我应该说，他正担心自己神志清醒。"

"别这样，内尔。"他眉头紧锁。

"你不觉得我比你受的伤害更大吗？不管怎么说，托茨他没疯，他只是和其他人有点儿不一样。"

"就是有点古怪。"杰克小声说。

她冲他微笑一下，接着蹙起眉。"杰克，是谁杀了保罗·马奇？"

"我不知道，"杰克说，"但我希望不是你杀的。"他带她下楼，叫了一辆出租车送她走，同时警告她待在家里，保持清醒，打起精神，没有他的消息就什么也别说。

伊利街就在不远处。他站在俄亥俄州和密歇根州交界的拐弯处，看着来来往往的车水马隆，决定去散个步。毕竟，没必要让这个世界上的其他人或者哪个爱打听事儿的出租车司机知道他想去哪里。

天气很暖和，阳光明媚，舒适宜人。人们说说笑笑结伴从他身边路过，朝沙滩走去；熙熙攘攘的人群中，既有衣着考究得体的绅士淑女，也有随意披着沙滩袍、晨衣、睡衣的男男女女。杰克走过一个网球场，看到几位棕色皮肤的年轻人穿着短裤，用力把球打到对面。时不时有风儿拂过路边稀稀拉拉的小树。真是难得的美好而安宁的好日子啊！然而，他既不能在阳光下慵懒地散步，也不能在橡树街沙滩看人打网球或游泳，他要去一间破破烂烂的小单间公寓，去看看为什么没有人发现厨房地面上那具蜷缩的尸体。

那座公寓楼里的每个房间都是重新改造过的，为了方便居住，简单地在一层大厅里安装若干房门，切割出一个个小房间。最后，走廊如迷宫一般曲曲折折，从阁楼到地下室全是奇形怪状的户型，没有哪两间屋是类似的，还有老旧的浴室、故障不断的管道、乱七八糟的楼梯。杰克曾经通过11种不同路径进出大楼，既走过前门，也走过地下室和后门。然而，这座楼自有一种难以描述的魅力，让人感觉很舒服。

谢天谢地，大厅里没什么人。上班的人已经出门了，没工作的还在睡觉。他往走廊深处走去，转两个弯，又爬上一段楼梯。

他注意到公寓里一片死寂，而昨晚这里还是一派喧闹的景象。

走到保罗·马奇的门前，他停下了脚步。他想，自己如果不是太聪明，那么就是太傻了。如果有人碰巧进门遇见他，他将很难解释自己为什么在那里；如果现在里面不巧有什么人呢，他也一样很难解释自己为什么来。

他敲了敲门，等在门外。

没人应门。

进门之后，他到底应该怎么做呢？闹出一番动静，假装发现尸体了吗？冲到楼下大门大喊"杀人了！"，跟人解释说他来找保罗·马奇，却发现他死了吗？

他，杰克·贾斯特斯，内尔·布朗的媒体代理人和经纪人，要跟人解释他来找保罗·马奇的事吗？毕竟，这座小城镇所有人（更不用提托茨、高曼先生和粉丝们）都知道马奇和布朗去年冬天的恋情。

或者，他应该傻乎乎地慢慢下楼到门厅，告诉房东太太："看啊，215房间有一起谋杀案，您应该报警。"就好像，就好像他只是去报告厨房水池里出现了讨人厌的蟑螂。

如果只是再到那间房里看一眼保罗·马奇的尸体然后离开呢？这样一来，内尔就可能完全脱了干系。昨晚不可能有人见她来过公寓，不会有人把她牵扯进来。就是应该悄悄离开，把这事儿忘了。

做了那个明智的决定后，杰克试着推了推门，门还是没锁。他慢慢将门推开，在小门厅处站了一会儿。灯是关着的，很可能是房东太太来叫保罗·马奇接电话的时候关上的。但是，如果她进过这间房，应该就已经发现谋杀案了啊！不，她没进来。那么，是谁关的灯呢？

他腹部正中央感受到一阵不舒服的凉意。

他放慢脚步悄悄走进去，一切都跟昨晚一样。

然后，他看了看厨房。

不，一切都跟昨晚不一样了！

铺在厨房的油毡光洁如新，一点污渍都没有，刚刚被清洗过，而保罗·马奇蜷缩的尸体已经不在了。

海琳·布兰德

杰克在街角的小酒吧停下来，走进去点了一杯双倍黑麦威士忌。他需要喝上一杯。然后，他慢慢溜达到密歇根大街，从那里往北走，但他根本不知道自己要去哪儿。

见鬼！

可以这么想：既然保罗·马奇的尸体消失不见了，那么内尔卷进一起肮脏的谋杀案的概率就变小了。尸体可能会再从哪里冒出来，但他还是多了一点时间应对。

从续签合同的角度来说，算是件好事。假如尸体已经被发现了，并且，如果有人看到内尔昨晚去过那座大楼，如果她已经傻乎乎地跟人说过马奇勒索她的事！好在，幸运之神眷顾，尸体没被人发现。

保罗·马奇那具见鬼的尸体到底是怎么回事呢？

当然，要把一具尸体拖出那栋楼绝非难事。就算是要把一头大象弄出那栋楼也不麻烦，尤其是楼里有派对的时候。但是，现在尸体去哪儿了呢？怎么会有人想把它弄走？它又是在什么时候被人发现的？

可笑的是，它可能再也不会出现了，再也不会有人知道保罗·马奇已经被谋杀了。没有人，只除了三个人：内尔、未知的凶手和他自己。杰克自忖，也可能只有两个人。当然，尸体失踪会引来一些麻烦，毕竟，杰克想到，保罗那人也有一些朋友，他肯定还有一些债主。不管怎么说，房东太太肯定是要过问的。但是，失踪案跟谋杀案毕竟不是一回事。

假如没有人知道！

好吧，杰克想，假如没有人做过这件事，这事儿就跟他没关系了。谋杀，这样的谋杀，就不会烦扰到他了。这又不是他的谋杀案，他也不想让这个案子变成他的谋杀案。但是，内尔是个很有价值的明星，价值太高，不能这么给毁了。在娱乐界的其他领域可能还有一些很值钱的明星，但广播界没有了。哦，不，杰克想，广播界没有了！来上这么一场厉害的丑闻，内尔的价值就会在一夜之间一落千丈。他已经在很多其他人身上见过这种事。

他镇定地推想了一下内尔杀人的可能性。如果真是她杀的，即便如此，又是谁移走了尸体呢？不是内尔，转播开始之后的每一分钟，他都和她在一起。

他的思绪又转到另一个问题上。内尔写的信去哪了？比起一具失踪了就不会给人带来麻烦的尸体，信件的事要可怕得多。

他觉得自己没法一个人应付这件事，一个人的名字跃入他的脑海——约翰·约瑟夫·马隆。

光是想到这个名字就让他感觉整件事变容易了，像是已经解决了一半。约翰·约瑟夫·马隆，不修边幅然而足智多谋的小个子刑事律师，他自诩能把任何人从任何麻烦中解救出来。他当然能帮内尔·布朗从这宗案子里脱身。

杰克从当记者的第一天就认识约翰·约瑟夫·马隆了，他还记得马隆如何找出枫叶公园的亚历珊安德拉·英格哈特小姐谋杀案的真凶，让死者的侄女、迪克·代顿的新娘无罪赦免。即便是对马隆这样的高手来说，那个案子也很棘手。尽管律师坚持说，如果法庭提审霍莉·英格哈特·代顿，在第一轮投票时他就能以精神障碍为由为其辩护，让法庭做出无罪判决。

想到马隆，另一个名字紧跟着涌上心头。他皱了皱眉，瘦削的脸上掠过一片阴影。

海琳·布兰德！世界上还有第二个像海琳·布兰德这样的女人吗？

她曾作为霍莉的童年好友搅入英格哈特的案子，经历了整个过程，一直到那个荒唐的结局。

如今，他已经有好长一段时间尽力不去想海琳·布兰德了。在英格哈特案的全过程，他都试图找时间去做些事，这些事非常重要但不怎么高尚，是跟她有关的一些意图。后来，案子结束了，他突然意识到他想娶她。

一个疯狂又不切实际的念头！一个是枫叶公园的海琳·布兰德，有名的美人、社交名媛、女继承人！另一个是芝加哥市中心的杰克·贾斯特斯，从前的记者，现在的经纪人、公关、媒体代理人，一个永远不会有大出息的家伙。然而，意识到她对他的重要性，他知道他不能随随便便对她示爱。她好像还是期待的——毫无疑问，他非常讨厌这一点——她已经从他的生活中消失了。哦，或许这也是一种万幸吧！他现在能看得出来，对她而言，他什么也不是。只是一种冒险，是一位女继承人生活中的疯狂一刻罢了。蠢货！

事情已经过去一年半了。他记得在内尔为保罗·马奇伤透了心时，他曾对她说，时间自然能治愈一切。然而，时间似乎并没有改变他对海琳·布兰德的记忆。

真见鬼，他怎么就是忘不掉她呢？他永远都不会再见她了。

但他知道，正是对海琳·布兰德的念想，阻止了他像卢·西尔弗、舒尔茨、奥斯卡以及几乎每个和节目相关的人那样，对内尔示爱或者企图那样做。海琳·布兰德那精致的脸庞总是出现在每一张他想亲吻的面孔上。海琳·布兰德那清脆、嘲弄人的笑声总是淹没每一声呼叫他的美妙嗓音。

他提醒自己不能再想海琳·布兰德了，他挣扎着将自己拉回到今天，拉回到此时此刻，拉回到内尔·布朗身上，拉回到内尔·布朗表演剧团和保罗·马奇的谋杀案。

约翰·约瑟夫·马隆能处理好的，马隆会找到办法的。

杰克走过芝加哥大街，走过一群喧闹着奔向橡树街沙滩游泳的人，他看到芝加哥的最佳着装女士正穿过密歇根大街，他在老水塔旁停了一会儿，凝视着它所在的棕榄大楼，尖顶的建筑物矗立在那里，轮廓清晰，直插入湛蓝的天空。他此前已经见过它无数次了——有时被白雪覆盖，有时在阳光下闪闪发光，有时被夏季的雨淋得模模糊糊——但是，这一次，他驻足凝视，由衷地感叹，让灰色的石头和蔚蓝的天空一道，驱散他此刻疲乏的心灵中无尽的忧虑。

就在那时，他听到身后传来非常熟悉的声音——

"它看起来就跟明信片上一模一样！"

他旋即转身，他知道他不会听错那种带着嘲弄意味的长音，他不敢相信这一切。然而，这是真的！海琳·布兰德！

她就站在那里,一如既往地高贵冷艳而完美。她就那样出现在密歇根大街正午的人群之中,披一头精心打理过的浅金色长发,简简单单穿一件领口很低的淡紫罗兰色雪纺晚礼服,外搭帕尔马深紫色罩衫。但是,她并不清醒。

"哇哦!"杰克·贾斯特斯心慌意乱地说,"哇哦!真没想到在这里遇见你!"

泄密的信

"你好啊,宝贝,"杰克·贾斯特斯温柔地说。

床上娇美的金发女孩呻吟几声,从睡梦里清醒过来,坐起来。好一会儿,她就坐在那里眨巴着眼睛,环顾周围乱糟糟的房间:梳妆台上放着半瓶酒,地板上有个打翻了的烟灰缸,她的罩衫优雅地搭在墙角的落地灯上,还扣了扣子。杰克·贾斯特斯坐在窗边舒适的休闲椅上,周围堆了一大堆报纸。

"你好啊,宝贝,"他又说了一遍。

"好吧,好吧,好吧,我们又重逢了。"她打个哈欠,伸伸懒腰,"那个了不起的马隆不是说过嘛,人生就是一张劣质的留声机唱片,总是倒带，播放同一个旋律？不管怎么着，我的人生就是这样的。"她又打了个哈欠。

杰克说道："历史总是惊人地相似……我好像在哪本书里读过这句话。所以，我总是先搅进一起谋杀案，再遇到你。"

"谋杀案，"她出于礼貌大笑着重复，"很有意思。"

"的确很有意思，"杰克告诉她，"因为事实的确如此……还有，马隆正在赶过来。"

她盯着他："你不可能在跟我说真事吧，不可能吧？"

"我很可能，"杰克说，"而且我就是在说真事。你感觉怎么样？"

她打了个寒战。

"我在想，"他若有所思地说，"你原来在哪？或者你知道自己在哪吗？或者那事重要吗？"

"一场派对，"她告诉他，"如果你想去参加的话，很可能那派对还没散呢。我不喜欢那里的每一个人，所以就出来散个步，结果遇到了你。"

"礼服很漂亮，"他说道，"颜色很赞。"

她点点头。"的确如此。跟我说说谋杀案的事吧。"

"过会儿吧。"他说道。

"我是怎么到这里来的？"

"你睡着了，"杰克说，"就在密歇根大街和芝加哥大街交接处。我用货运电梯把你弄上来的。海琳,你想我吗?"

"我很想你,"她说,"告诉我,杰克,你杀了谁?为什么?"

"我没杀他,"杰克说,"我希望我的客户也没有杀他。我最后一次见你之后,你去哪里了?"

"佛罗里达州,"她说,"还有巴黎、日内瓦湖和怀俄明州。你的客户是谁?被杀的又是谁?"

"内尔·布朗,"杰克告诉她,"你听说过她,内尔·布朗表演剧团。你为什么那样不辞而别了?"

"我会找时间告诉你的。内尔·布朗很棒,我很喜欢听她的节目。她杀了什么人?"

"也许她没杀人,"杰克说,"但有人杀人了,只是,尸体不见了。你这段时间过得好吗?"

"很好,"她说,"你这家伙,先说正事。谁被人谋杀了?如果内尔·布朗没杀人,那么是谁杀的?还有,如果你找不到尸体,又怎么知道有人被谋杀了呢?"

杰克还没来得及回答,约翰·约瑟夫·马隆到了。

这位有名的刑事律师是个敦实、不修边幅的小个子男人,顶着一头黑色的乱发,脸庞又圆又红,并且因为内心的焦躁又平添了几分圆润和红光。当时他正在庆祝一位美女的无罪判决,那位漂亮的年轻女子枪杀了自己的丈夫。案子很棘手,因为丈夫生前是一名警察。马隆双眼发红,十分疲倦。他见到海琳·布兰德并不怎么惊讶,没有什么事能让约翰·约瑟夫·马隆吃惊。

"给我来杯喝的,"他一边说着,一边坐到最舒服的椅子上,随即把一寸长的烟灰掸落到马甲上。"我把她救下来了。警察局里有太多见不得人的猫腻,所以我能告诉死者所有的警察兄弟——劝说他们,这么说吧——就是站出来指证他生前是一个彻头彻尾的混蛋,活该被一枪打死。他也确实是这样的,这不是伪证。"他看着海琳说,"你在哪里找到她的?"

杰克告诉了他,然后倒了三杯酒。

杰克看着他的黑麦威士忌,眉头紧锁。"我不能证明有一起谋杀,"他慢慢说道,"因为尸体不见了。但是内尔看到过,我也看到过。我觉得是她干的,但是她跟我说她没干,而她也没什么理由对我撒谎。"

马隆垂头丧气,沉重地叹了一口气。"如果你在跟我讲事情的时候能保持清醒,人生会容易得多。"

"我很清醒,"杰克愤怒地说着,把杯里的黑麦威士忌一饮而尽,"原来有具尸体,现在不见了。"

"好了,好了,"马隆说,"我相信你,现在从头讲起吧。"

杰克从头讲起,把整件事说给他们听:内尔和保罗·马奇的恋情,然后是不欢而散,然后是企图勒索,然后发现尸体,接下来尸体不翼而飞。他说得满脸通红,情绪激动,最后给大家倒满酒,结束了讲述。

"一个很棒的小故事,"马隆说,"也很可信。现在,咱们一起出去,找个地方喝一杯吧。"

"去你妈的,马隆,"杰克气呼呼地说,"我是认真的。"

"谋杀案总是认真的,"马隆说道,把一点黑麦威士忌洒到了领带上。"这也是为什么他们会因为谋杀案把人处死。但是就这起案子来说,你想让我做什么呢?如果你良心不安,可以报警,不要跟我说。"他拿起酒瓶,"如果这个保罗·马奇真是你刚才描述的那种货色,用枪打死他肯定是最好的主意。我们甚至应该找到那个杀人的家伙,请他喝一杯。"

杰克发脾气了,一口气喝光杯里的酒,然后大喊道:"我在想的是内尔。内尔,内尔,内尔,内尔,内尔!"

"你听起来就像是已故的埃德加·爱伦·坡笔下的人物,"海琳说出自己的观察所得。

"内尔怎么了?"马隆厌烦地说道,"尸体不见了,可能再也不会被找到了。"

"你知道不是这样的,"杰克说,"它或早或晚还会冒出来的,你不可能那么轻易丢掉一具尸体的。"

"还真可能,"马隆沉思道,"但是,假如它真的冒出来呢?只要它不出现在那间公寓，就不会把内尔·布朗和谋杀案联系到一起。即使发现某时某地有一起谋杀案，你和内尔两个人也能编出一整晚的不在场证据。根据你说的，排练和广播占据了晚上大多数的时间，只要为两次广播之间编点故事，她就完全洗脱干系了。"

杰克考虑了一分钟。"我应该说我们在两次广播之间去了哪呢？"

马隆做了个暗示，杰克却淡漠地拒绝了。

"好吧，不论如何，"马隆自信地说道，"如果真有这么离奇的事，把她牵扯进去，我也能把她救出来。你应该让我说说我刚办妥的案子。"

"下回吧，"杰克一边说，一边摆手示意他住口，"不仅仅是让她脱身的问题。你对道德广播有没有点概念？如果这事闹出麻烦，高曼会在一分钟之内跟她解约，她就彻底毁了。广播是要进家门的，必须保持清白无瑕。"他又给大家倒满酒，"我认识一个人，一个很棒的播音员，被抓到在某个荒唐的低级夜总会鬼混，此后他再也没有找到工作。也是一个很棒的小伙子。"他悲伤地往酒杯里看下去。

"杰克，你想，"海琳问道，"如果内尔·布朗真的枪杀了那个家伙呢？"

"她在广播中仍会听起来很正常，"杰克说。

马隆说道："也许她真的枪杀了他……她有很多时间，很多机会，她肯定是广播一结束就去了那里。"

杰克点点头:"我往别的所有的地方都打过电话,甚至往她的公寓打过电话,但是没有人接。"

小个子律师抹了一把自己红通通的脸。"即使她杀了人,她也没什么好担心的。如果警察找到尸体,也没什么证据能把谋杀案和内尔·布朗联系到一起。不会有人跑去跟警察说她几个月以前常跟死者消磨时光。退一万步讲,你也能阻止这事登报,不然她找个媒体代理人干吗?"

"你忘了信的事。"杰克说。

"信?信——信——信?"

"她写给保罗·马奇的信,"杰克说道,他慢慢地补充,"我不知道谁拿着那些信,但我猜想跟杀害马奇的是同一个人。"

海琳点点头,像是洞悉一切。"有道理,有人知道他手中有那些信,所以为了那些信把他杀死了。"

"你说对了。"

"你们俩想多了,"马隆低声咆哮,"可能有其他五十个人有其他五十个理由要谋杀保罗·马奇,但是没有人跟信有关系。"

"如果真是这样,"杰克无精打采地问,"那么现在信去哪里了?为什么它们会不见了?"

"内尔去那里时就找到信了,而且已经把信销毁了。"律师随口说道。

"那么为什么要对我说谎呢?"杰克困惑了,"如果她找到了信,并且已经销毁了,她会第一个先告诉我的。"

"或许马奇把信藏在什么地方了。"

"我们在公寓里找过了,我们俩都找过了,就差没把地板掀起来找了。"

"他把信件藏到公寓以外的什么地方了,可能在某处的一个保险箱里。"

"但是如果他打算把信卖给内尔,他会把信放在公寓里的。"杰克反驳道。

马隆发起了牢骚。"好了,去他妈的,我不跟你争论了,他是因为内尔·布朗的信而被人谋杀的。"他停下来,想了一会儿,"其他什么人想要勒索内尔,而且知道那些信的价值。或者有个什么人是内尔的朋友,知道信的事,也知道马奇在勒索她,所以就杀了他,把信拿走。谁会这么为内尔着想,为她杀人?"

"托茨,"杰克说道,"只是他对马奇的事一无所知,而且不管怎么说,他已经神志不清了。宝贝,他也不知道马奇的事啊。乐队主唱卢·西弗尔、播音员鲍勃·布鲁斯、节目调控师麦克弗斯、制作人奥斯卡·贾珀斯、工程师舒尔茨,还有我自己。"

"你谋杀他了吗?"马隆问道。"我曾经那么想过,但是我有点晚了。"

"还是那个问题,"马隆说,"如果有人那么做是为了内尔,那么不管怎么样她都应该拿到信了。他们会把信给她的,或者她会听说些什么。"

"也许吧,"杰克说,"我从今天早晨就没有再见过她了。"

"早晨?"海琳刨根追底地问道。"我不希望她以那样一种精神状态回家,所以我就带她去马克思酒吧,给她灌了些苏格兰威士忌,然后门童帮我用货运电梯把她弄了上来。"

"一天两次,"海琳评论道,"我想知道门童是怎么看你的。我们应该做什么,马隆?"

"我们可以做两件事情,"约翰·约瑟夫·马隆心事重重地说,"两件事都很冒险。如果我们什么也不做,可能会有人把信拿出来,让内尔卷入新的麻烦之中;如果我们找出杀害马奇的凶手,我们不论怎样也会将她牵扯其中。假如,"他补充道,"我们能够找出凶手,而且假设,"他说下去,"这一切是真实发生的事,而你没有产生幻觉。"

"我没有幻觉,"杰克生气地说,"有幻觉的是托茨。"

一阵长久的沉默,大家陷入沉思之中。

"但是你们想,"海琳突然说,"为什么要枪杀一个人,把尸体随便丢在那里,然后又返回来,移走尸体,还清洗地板?"

"也许凶手天生爱整洁。"马隆说。

海琳不理会他:"我感到很好奇。"

"找出凶手!"杰克说,"也许会有人来雇你,马隆。"

律师哼了一声。"找出杀害保罗·马奇的凶手!没有尸体,没有证据证明有一起谋杀案,甚至除了你和内尔·布朗根本没有人知道有一起谋杀案。"

"还有一个人,"杰克提醒他,"就是凶手本人。"

"除非凶手就是你或者内尔,"马隆说,"找出尸体去了哪里以及它为什么会去那里,还有是谁谋杀了他、怎么杀的、为什么杀他,还有信件怎么处理了以及怎么把信安全拿回来。然后,很可能弄明白这一切后,会有人弄断我们的脖子杀人灭口。祝大家好运吧!"他醉得很厉害了。"我们必须要吓唬鸟儿离开树丛,然后在它们逃跑时用枪把它们打死。"

"是飞走时。"海琳纠正他。

小个子律师向窗外望了好一会儿,说道:"咱们去跟内尔·布朗谈谈吧,这是第一步。"

海琳记起她把车停在卢普停车场了,他们取上车,向北驶去。杰克在路上跟海琳说了一点保罗·马奇的事,而马隆一脸忧郁地望着湖面。杰克说,保罗·马奇长得很帅,也很有才华,但毫无疑问是怎样怎样一个人。他在广播上取得了一点小成功,在艾奥瓦州经营过一家广播电台,在辛辛那提市做过播音员,在芝加哥做过演员,写过13个星期的连载故事,最后宣称自己是一位制作人。

"有意思的是,"杰克说,"他很棒。真是见了鬼了。在马隆这样一位天真的人面前,我不想提他找工作的方法。内尔也是他们中的一位。但他的确很棒。"

"我感觉这个人很有魅力,"海琳小声说道。

"他能把钻石女迷出珠宝店。"杰克肯定地说。

海琳叹了口气:"可惜他被人枪杀了。"

"你有我啊。"他安慰她说。她拍了拍他的脸,他们的大车还差几英寸就撞上防火栓了。

"别忘了,托茨什么话都说得出来,别太吃惊。"海琳把车停在大道边一栋很高的豪华公寓楼前,杰克提醒他们。"托茨,也就是亨利·吉布森·吉福德。"

"我记得他,"海琳说,"他在枫叶公园有栋房子,还有养马场。他不是在市场上输了个精光,只留了身上的衬衫吗?"

"全输光了,只留了几匹马,"杰克说,"衬衫也没了,但他还有马。"

海琳皱了皱眉,一脸疑惑。"我以为马厩被烧了,马呀什么的都没了,就是破产那会儿的事。"

"是的,"杰克说,"但他还有马。"她茫然地看着他,他笑嘻嘻地说:"耐心点,宝贝儿。你马上就要见到托茨的马儿了,它们随时会出现在你的眼前!"

疯狂的富豪

巨大的房间俯瞰湖面,四壁是缎子般丝滑的墙板,屋里有一个偌大的壁炉,周围是擦得泛着亮光的考究的家具。在两个长长的大窗子之间放着一张小桌子,桌子边坐着一对男女,正在下棋。

男人很瘦,很庄严,一身学者气息。他那精心梳理的头发和剪得整整齐齐的小胡子都是雪白色的,他那英俊的身姿羸弱却高贵。悬停在棋盘上方的手指细长优雅而苍白,身上的晚礼服剪裁得体,无可指责。

女孩不是他的女儿就是他的孙女。她穿着一件样式简单的白色连衣裙,剪裁和设计都有些孩子气,颈上还有一小串珊瑚珍珠;浓密的金棕色长发打着卷儿披在肩上;脸颊红润而精致。

不论从她的外表还是举止上,都看不出前一天晚上她见过被谋杀的前男友的尸体。

眼前的画面让杰克、海琳和马隆不由得在门口停下了脚步。海琳看着眼前可爱的女孩,想起收音机里内尔·布朗用那充满激情的嗓音演唱痛苦而绝望的歌曲,想起杰克跟她讲过的内尔·布朗的人生故事,她觉得要么就是她看花了眼,要么就是内尔·布朗其实是个大骗子。

然而,就在那时,内尔·布朗开口用她那全世界独一无二的嗓音向他们打起了招呼。亨利·吉布森·吉福德站起来,如一位出访大使一般,用优雅而迷人的姿态欢迎他们的到来。

正如杰克先前在电梯里提醒过海琳和马隆的话,这将是一次单纯的社交拜访。管家比格斯拿来了鸡尾酒,亨利·吉布森·吉福德引导大家聊了聊欧洲局势,他对此话题知之甚广,讲得很权威。然后,他又和海琳深度探讨了俄罗斯芭蕾,他俩在这方面好像都很精通。杰克和内尔则为下周广播的一首歌曲争论了一番。马隆呢,郁郁寡欢地望着窗外。后来,亨利·吉布森·吉福德注意到小个子律师明显很无聊,就把话题引到过去十年里发生的有名的刑事案件上。

杰克想,托次是他认识的最有魅力最博学的人之一。

是海琳说的,如果能再享受到好天气,今天几乎就是完美的一天了。男主人深深地叹了一口气。

"我本来很想散个步的,"他悲伤地说,"但我觉得不安全,即便是和内尔一起。"

海琳疑惑地抬起头看着他。

"他们开始逼我了,"亨利·吉布森·吉福德很确定地告诉她,"就是我的敌人们。"

海琳"哦"了一声,这是她当时能想到的最好的回答。

"总是有人跟踪,真的烦透了,"他说着心里话,"特别是被一些长得难看的人跟着。但是,他们还是会那么做。"他又叹了口气。

"但是内尔和你在一起的时候,你通常会感觉非常安全啊。"杰克说道。

男主人摇摇头,"但今天不是的,我今天一整天都有一种不祥的预感,很不好的感觉,也许这种感觉会过去的,我希望会过去。"

"一定会过去的,"海琳鼓励他,"我也常有同感,但它总会过去的。"

内尔满怀感激地看着她。

"是吗?"托茨充满希望地问道,"那么你也被人跟踪过?"

"经常。"海琳肯定地说。

他开心地笑了,他们又谈了一会儿斯坦贝克、中国形势和现代戏剧潮流。

最后,女主人站起来,微笑地看着亨利·吉布森(托茨)·吉福德。

她说:"我要和杰克、布兰德小姐、马隆先生出去兜个风。"

托茨笑着说:"去吧。"

她去拿了件罩衫,然后,他们站起来往外走。

"我很高兴,你不介意看到我的马儿们。"托茨对海琳说。

她只惊讶了一秒钟就说:"介意?我爱它们!"

他非常高兴。"有时候我怀疑内尔觉得我真的不应该把它们养在这里,但它们也没有别的地方可去。而且不管我怎么做,它们还是会来这里。这里的确不是养马的地方,但我不介意。"他停顿一下,然后带着防备的语气说,"我喜欢马!"

"我也喜欢。"海琳说道。

"你一定要时不时来一下,跟我说说你的马儿。"他说。

"我会的。"她向他承诺。

有那么一会儿,他们谈着亨利·吉布森·吉福德的马,就像马儿真的在那里,杰克甚至不自觉地环顾四周,看看它们是不是真的在那里。然后,内尔温柔又满怀深情地跟白发男人道别,看到那一幕,杰克的嗓子眼莫名地紧张。他们一起向电梯走去。

"好吧,"下楼的时候,海琳几乎是愤愤不平地说道,"如果他想在起居室里养马,他凭什么不能那么做呢?"

"他这个样子有多久了?"马隆问道。

"自从——不,不是从马厩被烧那晚开始的。那只是事件的一部分。一切都是同时发生的。他赔了个精光,马厩着火了,所有的马都在里面,他病了很长一段时间,我把内尔·布朗表演剧团卖了,我们本以为他会康复,但后来马就开始往起居室跑了。"

"他以前常常放马儿在大道上跑,"杰克补充说,"演播室那帮人还赌马,然后给他打电话,问问谁赢了。那条路上来了机动车他就抓狂。但是,一群小个子深肤色男人开始跟踪他之后,他就放弃那种玩法了。现在他只让马儿在起居室里养着,我个人觉得它们的运动量不够。"

"不容易。"马隆小声咕哝了几个字。

"为什么?"内尔几乎带着怒意发问,"他很快乐。当然,他是有些幻觉,但是没有什么令他烦扰,除了他不喜欢被人跟踪这事。我不陪着他,他都不会走出公寓楼,但他在那里感到很满足,他甚至不介意一个人孤零零地待在家里,一点都不介意。他一个人在那里的时候,我每隔一会儿就给他打个电话,他就待在电话旁边,这样如果我打电话,他就能听到铃声,他没有什么烦心事。马儿也不麻烦,他喜欢马。"

"我是说,对你来说真不容易。"马隆说。

"该死,"她说,"我自己喜欢马。"

他们钻进海琳的加长豪华车往南驶去。

马隆坐在后排,把帽子往脚边一扔,点了一支粗粗的黑色雪茄,说道:"内尔,托茨是怎么开始产生幻觉的?我想知道这一切是如何发生的。"

她盯着他问:"为什么?"

"没什么,我就是想知道。"

内尔皱了皱眉。"嗯,嗯,是这样的。那时候,我们还住在枫叶公园,什么都有。我们前一天还很有钱,第二天就一无所有了。托茨很难接受这一切,但他默默承受了,不知道你懂不懂我的话。"

"我懂,"马隆说,"后来呢?"

"后来马厩失火了。他们查明了火灾的原因,没有人放火,就像报纸上报道的那样。太可怕了,马隆。所有的马儿,都困在了里面。托茨想进去,比格斯和一位消防员拦住了他,最后他终于意识到他不能进去,他就站在那里,看着燃烧的马厩,太可怕了。后来,我和比格斯带他进屋,他表现得就像是根本不明白发生了什么。我和比格斯带他来公寓住,这样他就不会看到着火的地方,闻不到着火的气味。我们把他弄来了这里,但他好像晕过去了。"她停下来,抬头看着车顶。

"接着说,"马隆严肃地说,"后面发生了什么?"

"嗯,我找了个大夫,他说这一切对托茨来说太难以承受了,说他需要静养一些时日,但他会好起来的。"

"医生认为他能好起来?"

"是的，他只是需要静养。他留下一张药方，开了些镇静药，我就跑到药店去拿药，我才意识到自己钱包里仅有的 20 美元就是我们在这个世界上的全部家当了。所以第二天上午我给麦克弗斯打了个电话，我说：'你觉得还能把我的秀卖给高曼吗？'他说：'他会毫不迟疑地买下来，你真的想好了？'我说我是真要卖。所以他就联系了高曼，我到办公室去签了合同。后来，我想到我需要一个人帮我打理各种事务，我记起杰克过去当过迪克·代顿的经纪人，就立刻联系了他。"她又停了下来。

"天哪！"杰克赞赏地说，"简直让人喘不过气来！"

马隆说："再回过头来说说托茨吧。"

"嗯，签合同那天——"她停顿了一下，长吸一口气，"我非常高兴，因为我们就要有一大笔钱了，我飞奔回家，给托茨看合同，我说：'是不是很棒？'他也很高兴。就在那天晚上，他说要订些燕麦，我说：'为什么？'他说：'为马儿买的，就是这些马。'好像还挥手示意。他继续说啊说，我跑到食品储藏室给比格斯打电话。'哦，比格斯，他疯了，我们该怎么办？'比格斯说他一直在担心可能会发生这种事。从那之后，托茨就变成那种样子了，比格斯一直帮我照料他。"

"那么，跟踪他的人是？"马隆问道。

"那是后来的事，又过了很久之后的事。有一天，他本来去散步的，却回来说有两个男人跟踪他。我们本来以为是真的,因为他说得那么肯定,而且,毕竟在他破产之后很多人也失掉了钱财。所以,从那之后,我就陪他一起出去,但我从来没有看到过什么人,又过了一阵子,我意识到根本没有什么人。此后,没有我陪着,他就再也不肯出门了。但是马隆,他并不是真的发疯了。

"我的意思是说,他没有发疯到一种需要去哪里治疗的地步。他很快乐,只要我陪着他就没有人跟踪他,而且,他爱他的马。除了这两点,他跟所有其他人一样神志清楚。"

"他当然没有疯,"海琳温和地说道,"他就是有些与众不同。"

"哦,杰克,"内尔突然因为痛苦哭出声来,"万一托茨发现这事!"

"他不会发现的,"杰克向她保证,"现在马隆就要为你把一切摆平。"

"当然,"马隆说,"一点都不麻烦,这只是我们提供的部分日常服务。"

"你真的可以吗,马隆?"她问道。

"我要找出杀害保罗·马奇的凶手——如果这有所帮助的话,"他告诉她,"然后我会找到你的信,把它们拿回来。这样你会感觉好些吗?"他沉静而自信地说。

"这样很好,"她说,"你打算怎么做?"

"这个嘛,"律师说,"是我唯一尚不明确之处。我们能到哪里去喝一杯？"

海琳提到橡树街上的一个地址，说道："内尔，谁有可能想枪杀那家伙？"

"任何一个认识他的人。"内尔犀利地说。

"咱们缩小一下范围，"马隆说，"你对他的私人生活有哪些了解？"

"我过去是他私生活的一部分，除此之外，实际上我一无所知。"

律师发出厌烦的咕噜声。

海琳猛打方向盘，将沉重的小汽车转向橡树街。"你们知道，"杰克突然说，"可能在他住的地方，每个人都知道一点他的事。那里没有人有什么私生活，他们就像生活在一个动物园里。"

"我们可以询问那座大楼里的每一个人。"海琳建议说。

"也就是向人宣布我们知道有一起谋杀案。"杰克轻蔑地说。

海琳的停车技术让人叹为观止，他们沉默下来。

"嗯，"她说，"你们为什么不搬到那里去，有技巧地问些问题呢？"

"不能去，"杰克说，"那里每个人都认识我，他们会起疑心，猜想出了什么事。"

"好吧，去他妈的，"她生气地说，"我去！"

他们都盯着她。

"海琳，"约翰·约瑟夫·马隆说，"你真行！"

"我搬进去,"她宣布道,"然后结识那里所有人——不信你们就看着吧——我会挖出保罗·马奇生活中连他自己都不知道的秘密。"

"可能有用,"杰克慢慢地说,"是的,可能有用。"

内尔·布朗睁大眼睛,疑惑地看着海琳。"但是布兰德小姐,我跟你素不相识,你为什么要为一个你从不认识的人惹这么些麻烦呢?"

海琳深情脉脉地看着她。"也许我就是喜欢听你唱歌,不想让你离开广播电台,"她说,"或者,你也可以说,我就是喜欢看你跟托茨吻别的样子。不论如何,咱们一起进去喝一杯吧。"

乔迁新居

大约一小时之后,内尔往她的公寓打了个电话,得知亨利·吉布森·吉福德已经上床睡熟了。

"还得再过几个小时才宵禁,"她回到桌上向大家汇报,"咱们想个更有意思的地方畅饮吧。"

海琳毫不费力地想出五六处地方,他们便去往其中一处。

"马隆先生,是谁枪杀了保罗·马奇?"内尔问道。

"你就不能放下那事吗?"杰克咕哝着抱怨道,"而且也没有人叫他马隆先生。"

"你就能放得下吗?"她问道。

"不能。"他坦诚地说。

"跟我说说你是怎么成为广播明星的吧,"海琳转换了话题。杰克又一次咕哝道:"这句话出自昨晚的表演。"

内尔不理他。"嗯,我在魁北克一所教会学校上的学,在那里——"

"不是这个,"杰克反对道,"讲那个你出生在路易斯安那州的老天象仪上的故事。"

"你是说种植园吧,"内尔纠正他的发音,"魁北克的故事更美些。"

"另一个更有意思。"

"好吧,"她重新开始,"有一天,我在艾奥瓦州奥塔姆瓦的唱诗班里唱歌——"

"平步青云是什么样的感觉?"马隆打断她。

"不要用那个词,我不喜欢,"海琳说,"你要想像火箭一样平步青云,就得有人在你的尾部划着一根火柴。"

在整整五分钟时间里,大家都假装不认识她。

"如果我知道那些信的去向,我会开心得多。"内尔说。

杰克叹口气。"又来了!好吧,马隆,那些信去哪了?"

"那个,"马隆松松领带,擦擦闪亮的额头,说,"尸体去哪了?"

"没有尸体,算什么谋杀案?"海琳问道,"没有'人身',哪来的

'人身保护'？"

"你的法律术语有点混乱，"马隆严肃地说，"但毫无疑问，你的用意不错。"

"她需要喝杯酒醒醒脑。"杰克说着，向服务员打了个手势。

马隆靠在桌子上看着内尔。"谁知道马奇想勒索你的事？"

"除了杰克，没有别人。"

"马奇是怎么跟你联系的？"

"一张字条，"她说，"我昨天下午排练时收到的。就是在一小块纸上写着几个字，用软芯铅笔写的，纸条塞在一个信封里，由西联快递员送过来的。"

"他要多少钱？"

"只不过500美元，"内尔说，"但是，他妈的这也太多了。"

"这可不好说，"杰克说，"我可知道你的想象力有多丰富，我敢打赌那些信远不止值这个数。"

"你把字条怎么样了？"马隆问道。

"我把它夹在脚本里了，后来，我一有空离开排练现场，就把它带到了那间小小的女更衣室，在那里撕成了碎片，然后用马桶冲走了。"

"怎么会这样！"杰克说道，"你竟然把它毁了，本来你可以用那个做马奇敲诈勒索的证据，把他送进监狱的！"

"我还以为我干得特别聪明。"她悲伤地说。

"我想,应该是他的笔迹吧?"马隆问。

"哦,是的。不论如何,他还署了名,署了全名——永远爱你的,保罗·马奇。"

"除了你自己,没有其他人动过脚本吧?"

"我把字条销毁之前没人动过。"

"等等,"杰克醉醺醺地说,"内尔,你的脚本,你记得吗?脚本弄丢过。"

她细细的眉毛挑成两个大大的问号。

"弄丢过,"他重复说,"就在广播开始之前,我们确实没想出脚本去哪了。"

她慢慢地边想边说:"是的,我记得。但是,杰克,那是我把保罗·马奇的字条撕碎之后的事,我知道的。"

杰克说:"都别说话,让我想想。"

一阵令人焦灼的沉默。过了几分钟,两杯酒下肚,他抬起头,眉头紧锁。

"他发现大事了。"海琳满怀希望小声嘀咕。

他不理她。"内尔,你说字条是用铅笔写的,我刚才仔细想了想印脚本的那种纸,你觉得会有什么掉下来落到上面吗?"

"有可能会从纸张间落下来，"内尔焦躁地说，"但是不会印在上面的。"

"见鬼，这事很严重。有没有可能，你把字条塞进脚本里，而字条是用铅笔写的，铅笔的印记会印到脚本上，这样，有人拿到镜子前就能读出来？"

"这有点复杂，"马隆若有所思地说，"但我明白你的意思了，这是一个字迹转移的过程。"他停顿了一下。"但如果这是真的，那么任何人都有可能知道勒索字条的事了——任何一个碰巧拿起脚本的人。"

"也就是说，任何跟广播有关的人，"他说，"如果有人杀了马奇，拿到那些信来勒索你，我们什么也不能做，只能坐等你得到消息。或者，如果有人杀了他，拿到那些信来保护你，那么你也会很快得到消息。"

"如果是后一种，我该怎么做？"

"把信烧掉，把嘴闭紧。"

"但是，"内尔说着，脸色变得苍白，"假如有人指控我谋杀了保罗呢？"

"别担心，"律师自信地说，"第一轮投票时我就能让你得到无罪判决。"

"我想的不是这个，"内尔焦虑地说，"我想的是托茨。如果让他知道这件事，实在太痛苦了。我不在乎进监狱，甚至不在乎我的节目和名声。但是，不能让托茨知道，绝对不能，不能，不能！还有贝比，如果他发现了也一样糟糕。"

"为什么？"杰克问，"贝比知道又怎么样？"

内尔生气地看着他。"你想象不出来吗，如果贝比知道我跟保罗有一段恋情，然后又被指控谋杀了他，他会怎么想？不管怎么说，贝比是个胆小鬼。"

杰克说："该死，我受够了！咱们去科勒尼俱乐部吧。"

他们把马隆送到卢普酒店，他已经在那里住了15年了；又把内尔送回家。兜完这一圈，天色已经微微泛亮了。海琳驾车沿着大道一路向北。杰克突然感到眼皮变得很沉重，支撑不下去了，就闭了一会儿眼睛。等他再次睁开眼，车窗外闪过熟悉的枫叶公园的景致。他摇摇头，眨眨眼，清醒过来。

"享受乘车的唯一方式就是在途中睡一觉，"他说，"可是，我们怎么到这里来了？"

"我想换换衣服，收拾一下行李，"她告诉他，"你忘了我要搬到伊利街住吗？"

杰克想了一会儿，说："你确定要那么做吗？"

"你可拦不住我。"

正午时分，他们走进了伊利街公寓的大厅。海琳穿着一套干净利落的白套装,看起来又干练又可爱,从衣服完美的剪裁上可以看得出它价格不菲,应该超过一般人一周的薪水。

房东太太莫利·科平斯是一位体形壮硕的金发女人,略显老态但非常热情,隐约带点宿醉,正在桌前忙着整理文件。她很高兴见到海琳·布兰德。

"只要是贾斯特斯先生的朋友,就是我的朋友。"

"她就一个人,"杰克说,"不要让她闲坐闲逛了。"

"不要担心,"莫利·科平斯眉开眼笑地说,"杰克,我只有一间空房子给这位年轻小姐住,一间可爱的小公寓。有这间也是很幸运的,租户昨天刚刚搬走。"

她找来一大串钥匙,带他们穿过迷宫般的过道和拐角,走上一段楼梯,然后又沿着一条长走廊往下走了一段。她在一个房间门前停下了脚步,门牌上标着215。

215 公寓

"这是整座楼里最好的房间之一,"莫利说,"当然,我会把窗帘洗一洗。"

杰克一屁股坐到一把坐垫塌陷的旧椅子上,失魂落魄地看着周围的一切。房间很大,方方正正的,有两个巨大的窗子。窗外是一段防火梯,从窗户望出去,能看到小巷子另一边的公寓后窗。一个大理石壁炉虽然有点旧,但还是很漂亮,现在炉中塞着一些旧报纸。房间里还有一张铺着花毯的长沙发,一个墙角处放着一张沙发床,另一个墙角处放着一张仿钢琴样式的书桌。完全没有前任租户保罗·马奇的痕迹,还不如一本丢弃的杂志透露的信息多。

"保罗·马奇不是在这里住过吗？"杰克漫不经心地问道。

莫利点点头。"也是一位很好的小伙子，就是对女人太花心了，他非常仓促地搬走了。"

"哦，是吗？"杰克小声说。

"都没跟我道别，"房东太太接着说，"他整晚都不在家，第二天一大早他就来打包，装了一手提袋东西，悄无声息地走了。但他贴心地给我留了张字条，交了欠下的房租，还额外多给了我 5 美元，请我帮他打包，然后通过美国运通公司把东西寄到火奴鲁鲁。"

"哦，哦。"杰克用最含糊的语气应答。

"您觉得怎么样？"莫利急切地问海琳，那语调，就好像把这间公寓租给海琳是这个世界上最重要的事。

"住在这里美得很，"海琳说，"我非常喜欢，马上就搬进来。"

她和莫利办妥手续，交了租金，开了收据。莫利承诺第二天就来换干净的窗帘，请海琳协助她，然后就走了，只留下他们俩。

房东太太走后，杰克说："你知道的，你不必一定住在这里。"

海琳不理会他。"杰克，火奴鲁鲁离这里远着呢。"

"很远，"杰克同意她的话，"等美国运通公司在那里找不到保罗·马奇，然后把东西寄回来时，就不会再有人惦记他了。"

"有个什么人，"她细致地分析道，"把这桩谋杀案藏得很深。来帮我收拾东西吧。"

他们收拾出一大堆绝不逊色于好莱坞皇后的漂亮衣服,拿出一瓶黑麦威士忌摆到厨房架子上,然后把空箱子拖到一边。

"明天,"海琳看了看房间说,"我去折扣店买点花瓶什么的,添几分雅趣。"

她钻进衣帽间,再出来已换上一身休闲的起居服,衣服上画着洁白的白玫瑰花心。她打开那瓶黑麦威士忌。

"亲爱的,我很喜欢我们的小房间,"杰克说着坐到长沙发上,"我们应该在哪里养金鱼?"

她倒了两杯酒,放在长沙发旁的桌子上,坐到他身边。

"这办法真棒,就不怕有人问保罗·马奇失踪去哪了?"她说道。

"又巧妙又简单!有人想知道保罗·马奇去了哪的话,如果真有人想知道的话,房东太太就会说他去了火奴鲁鲁。"

她叹口气说:"杰克,如果你不得不藏起一具尸体,你会把它藏到哪里?"

"我永远不会遇到这种问题,但让我来想一下吧。海琳,你为什么会离我而去?"

"因为我爱上你了,"她平静地说,"但是,如果你不得不藏起一具尸体的话,你会把它藏到哪里?"

"就藏到库克郡太平间，"杰克说，"因为这是人们最想不到去找一找的地方。你是认真的吗？"

"我当然是认真的。不过，我觉得这是浪费时间。"

"什么？爱我浪费时间？"

"不是，我是说到库克郡太平间找保罗·马奇的尸体。"

"行了，"他说，"如果你不能专注在一个话题上，我就再去找个女孩算了。你爱我吗？"

"我当然爱你。它肯定藏在什么地方，没有人能让一具尸体凭空消失。"

"听着，"杰克说，"把保罗·马奇的尸体从你的脑子里拿走几分钟，把我放进去。一年到头，每天都有谋杀案，假日也不例外，但我们俩错过就无法挽回了。"

"杰克，咱们结婚吧。"

他的酒杯从手中滑落，黑麦威士忌洒了一地，弄脏了地毯。

"你是认真的吗？"

"我当然是认真的。但如果你总是这样把好酒洒得到处都是，我就改变主意了。"她到厨房找来一块布，擦了擦地毯，又给杰克倒了一杯酒。"等你确保不会再把它掉地上，你再来碰它吧。"

"但是海琳，"他傻傻地说，"我们不能结婚。"

"除非你在迪比克有家室，养着五个孩子；我们能，"她坚定地说，"我们能结婚，而且就要结婚。"

"但是你很富有。"他说道，样子更傻了。

"老天行行好吧！"她说，"我有钱就得当一辈子老小姐吗？"

"这不合适。"他的话并没什么说服力。

"杰克·贾斯特斯，你这是在拒绝我吗？"

"见鬼，海琳，我永远无法适应你的生活方式。"

"我好像很适应你的生活方式啊，"她回应道，"杰克，你爱我吗？"

他沉默了一会儿。"是的，我想我爱你。是的，就是这样。"

"那么好吧，如果我爱你，你也爱我，那么我们就结婚吧，就这么办。"

这主意听起来的确既简单又合情合理。

过了一会儿，他"嗯"了一声。

"你在退缩，"她洞悉一切，"杰克，我们什么时候结婚，到哪里结？"

他认真地想了想，说道："我们今晚可以开车到王冠角，如果我们现在就走的话。"

"很好，"她说，"现在你可以喝你的黑麦了。"

黑麦有点儿用，但他仍然感觉晕乎乎的。

"但是，海琳，"他说道，最后一次纠结，"海琳，你的钱。"

她叹了口气。"好吧，如果你会为此烦恼，我可以随时把钱扔了。"

可以用这笔钱的人多的是,多少个我都想得出来。不过,把钱留着会更有意思。财富带给我们的乐趣会让你惊讶的。"

"我有一个不成熟的想法,"他说,"但是——"

"这就是钱的好处,有钱的生活很有意思。你可以继续做你的媒体代理人,因为,如果你放弃了的话,我就会离你而去。我喜欢你做媒体代理人的样子。那样,我就能结识很多人。"

"嗯,当然。"他慢慢开口。

"哦,杰克,"她突然说,"不要让我因为有钱而难受。那就像是生来长着兔唇什么的,不是我能控制的。有钱只是我生活中的一个小麻烦,如果它破坏了什么,我可受不了。咱们理智一点吧!"

"好的,"他说,"我们要理智。但我会跟所有人说我是为了钱才娶你的,没有人能想出其他的缘由。"

"如果我们要去王冠角,"她若有所思地说,"我最好去换件衣服,除非你不介意我穿着粉色的睡衣结婚。"

"那样能节省时间啊,"他对她说,"但好像确实有点敷衍了事。"

她看着他的眼睛,好久才说:"我简直不敢相信,我是真的在这里,而你也真的在这里,我们再也不会分开了。已经分开那么久了,杰克。"

"有史以来最长的一年半。"

"我应该买件新裙子,"她停顿了一会儿,接着说,"但那无所谓。

我已经拥有你了，一个人不能什么都拥有。不管怎么说，杰克，如果我们今天要结婚的话，你应该吻我——"

他上前吻了她，想着过去的一年半是那么漫长。

"杰克，"她突然叫了他一声，接着说道，"杰克，你觉得尸体是怎么从这里弄出去而没有——"

就在这时，响起了一阵雷鸣般的敲门声。

海琳开了门，门外是莫利。"有贾斯特斯先生的电话。布兰德小姐，门上有个蜂鸣器，响三声就表示有你的电话。"

电话在一楼，杰克两步并作一步地跑下来。只能是内尔，或者约翰·约瑟夫·马隆，而不管是哪一个的电话，都意味着有麻烦。

是内尔。她的声音听起来又紧张又狂乱。

"杰克，你们吃过晚饭了吗？"

"还没，但是——"

"杰克，我要见你，一个半小时后我们在里卡多酒吧碰头。如果可以的话，带上那个金发美女，她很有脑子；还有马隆，如果你能找到他的话。"

"但是内尔——"

"我知道是谁了，"她说，"那些信，我的信，我知道在谁手里了。"

他还没回应，她就挂了电话。

圣·约翰的计划

"没关系,"海琳安慰他说,"我们可以明天再结婚,能找出凶手,真是太好了!"

他下楼接电话时,她已经换了一身干净利落的衣服。他们到酒店接上马隆,来到里卡多酒吧,挑了一张远离人群角落的桌子,坐下来等内尔。

"我打赌内尔知道是谁了一定松了一口气。"杰克虽然这么说,却没人相信。

马隆看着酒吧门的方向,"她看起来可不是这样。"

内尔一脸怒气地向他们的桌子走来。

"肮脏的老鼠,"她一边说一边坐下来,"狗娘养的臭杂种。我早就知道!全世界没人想得出这么下三烂的鬼把戏!我早就觉得他像个杀人犯!他要是敢动一动歪脑筋,以为能带着……"

"先喝一杯,"杰克温和地说,"喘口气再说。"

她拿过酒杯,缓过劲来。"我不会那么做的,就是那样。如果我那么做,我就不得好死,不得好死两回。"

"需要菜单吗?"文质彬彬的意大利服务员抱歉地问。

"去死吧。"她心不在焉地说。

"如果你做什么就不得好死两回?"海琳问道。

"我早就该知道他就是那个拿信的人!"内尔说。

"好了,"杰克说,"人生如戏!是谁?"

她盯着他说:"约翰,圣·约翰,当然是他。"

服务员趁大家都不说话的当儿拿来了菜单。

"稍等一下,"杰克说,挥手示意他走开,"给我们拿杯酒。"

"然后,"内尔补充说,"想用一份那样的合同把我拴住!"

"冷静一下,"杰克说,"然后从头讲讲。"

"他打了个电话,说必须跟我谈谈,有急事,然后他就来到了公寓,托茨正在打盹儿。他说他拿着那些信。"

"他承认了!"杰克说,"但是,老天啊,他实际上就是认罪了啊!"

"那又怎么样？"马隆问道，"你也不能叫警察啊。"

"他没说他是怎么拿到信的，只说不关我的事，"内尔说，"然后他说不想给我惹麻烦。麻烦！下流……"

"你不用再说对他的印象了。"杰克说。

她不理会他。"他真下流，"她说，"真是卑鄙！他让我心里发毛。他是内布拉斯加州人，口音很标准，但跟禽兽一样冷血。"

"你怎么知道的？"杰克感兴趣地问。

"都是听说的。"她气呼呼地说。

"嗯，怎么说呢？"杰克温和地说道，"毕竟，有那么一段时间，你还没把节目卖掉。"

海琳急忙说道："但是，他怎么会知道那些信和保罗·马奇勒索你的事？"

"我们过会儿再说，"杰克说，"现在，我想知道圣·约翰葫芦里卖的什么药。接着说下去，内尔。还有什么？"

"有一份那样的合同，"她气愤地说，"这是阴谋，就是那么回事。如果他以为他能把节目卖给基弗斯——你知道的，杰克，就是那个肥皂商——他就是疯了。基弗斯与同伙！"她无礼地拖长声音。

"效率很高，"杰克说，"但你的讲述糟透了。试试再讲一遍吧，大概得从头开始。"

她长出了一口气，喝下一杯酒，点上一支烟。杰克感觉她好像在心里默数到十，慢慢地数着。

"从合同讲起吧。"他补充说。

"圣·约翰起草了一份人事管理合同，让我签字。你知道那种东西，杰克。全权管理我的一切工作，所有的合同都得通过他们签署，他收下所有的钱，然后给我按周发薪水。"

"天哪！"杰克说。

内尔说："我也这么想的。"

"然后，"海琳有点茫然地说，"他能拿走你所有的钱，然后，如果他想的话，每周只要付给你50美元。"

"见鬼，"杰克说，"他会一周付她10美元。以前发生过这种事，但通常是没经验的新明星上当受骗签的合同。"

"这是勒索，"内尔生气地说，"就是这么回事。"

"这件事跟'基弗斯与儿子'有什么关系？"杰克问。

"他早就想把节目卖给他们了，"内尔说，"基弗斯是他的宝贝提款机，如果节目像现在这样卖出去，他——圣·约翰——不会拿到钱。如果他个人把节目卖给基弗斯呢，他就能拿到一大笔佣金。"

"那么，到此为止，"马隆说，"你到底在乎什么呢？"

"高曼是一个自负的家伙，"她说，"现在一切真的很完美。他让我们运营节目,我们让他做他的糖果生意,什么麻烦也没有。如果让圣·约翰帮基弗斯一家打理工作的话,我们就都疯了。而且,"她补充说,"这是原则问题。"

服务员用托盘端着酒过来了,满怀希望地在他们面前挥了挥菜单。

"你先走开,"杰克说,"你看,内尔,他不能那么做,高曼还有选择权。"

她点点头。"但是选择权就截止到明天晚上六点。高曼和乔·基弗斯是好朋友,他们不会觉得重签合同有什么问题。高曼想在下周五广播时大大方方做这事,留下他在签名栏大笔一挥的照片。圣·约翰知道这一点,而且他知道明晚六点之后,他就能跟基弗斯签合同。"

"嗯,"杰克慢慢地说,"明天我们可以联系一下高曼,利用好失效前的选择权,让基弗斯到别处卖肥皂去吧。"

"我那样想过,"内尔告诉他,"但是,首先,高曼现在正在布鲁尔河上某个地方捕鱼呢,而乔就在他身边,他到后天才能回来;其次,还有信的问题。"

"你的意思是?"马隆问道。

"圣·约翰手中的那些信,我不知道他是怎么从保罗·马奇那里搞到手的,但是,不论如何,他拿着呢,这就够了。他说,如果我企图联系高曼或乔,或者不按照他的命令做,他会把一半的信寄给托茨,另一半的信寄给高曼老爹本人。"

"我了解高曼老爹,"杰克沉思着说,"只要他有一丁点感觉到你惹了什么麻烦,哪怕那事只比你把五分钱掉进电话亭糟糕一点点,画面就会很难看。内尔·圣·约翰好像真的抓住你的软肋了。"

"给我一点时间想一想,"马隆说,"他想让你干什么?"

"他计划明晚秘密地——非常秘密地——为基弗斯安排一场试听,"她说,"基弗斯会乘飞机从东部过来,演播室里没有人知道这事,代理所也没有人知道。排练是在十一点,而试听安排在下午。"

"如果基弗斯已经下定决心签下节目,"杰克说,"他到底为什么还一定要发排试听呢?他从没在广播里听过吗?"

"我想,他想把节目当作他的产品来听一听,"内尔说,"我只知道这些,其他的问圣·约翰吧。"

杰克说:"我活腻了吧,去问圣·约翰!就算是白天也不要问!马隆,我们应该怎么办?"

"我还没想好,"马隆说,"除非我们能把保罗·马奇谋杀案扣到圣·约翰头上,同时又能把内尔保护好,而且还要在明晚之前办妥这件事,趁着选择权还没失效。"

"容易,"杰克嗤之以鼻,"尤其是我们现在还不知道尸体在哪里,而且,不管怎么说,也许圣·约翰跟谋杀案毫无关系。"

"肯定是他干的,"内尔说,"要是真有谋杀案,他就是那个杀人的杂种。"

马隆说:"让我想一想。"

"你去想吧,"海琳说,"我们等着。"

服务员不知道从哪里冒了出来。"也许现在可以了,"他开口说道。

"这样吧,"杰克严肃地说,"等我们准备好要点菜的时候,我们就给你发封电报。"

"你伤了人家的心啦。"海琳同情地说。

"听着,"内尔突然说,"我们能吓唬吓唬他吗?"

"也许吧,"杰克对她说,"但我感觉他还是会不停地拿着菜单过来,直到我们屈服了,点上菜。"

内尔迅速回敬他一个既应景又夸张的白眼。

"我们不能告诉圣·约翰说我们已经找到保罗的尸体了吗?"她更加平静地说,"说我们知道是他杀了他,如果他不把信还回来、不把试听的事忘掉,我们就报警?"

"太棒了,"杰克说,"你想不出警察的反应吗?什么谋杀?尸体在哪?谁干的?拿证据来。保罗·马奇去哪了?带着他的行李去火奴鲁鲁了。即便我们能证明有一起谋杀案,圣·约翰知道,要拿出证据,就会把整个故事公之于众,包括那些信,还有其他的一切。"

"好吧,"她不开心地说,"这是我能想出来的最好的点子了。你怎么说,马隆?"

"我觉得,"马隆抹了一把脸说,"你的最佳选择就是陪着他玩。去安排好试听,想办法尽可能把签合同的事往后拖。"

"那样有什么用?"她问。

"不管怎么样,只要高曼先签了合同,圣·约翰就会进退两难。高曼签了合同,圣·约翰就不能把信拿出来,不然他就等于毁了代理所一件颇有价值的财产,那么他就惹上大麻烦了。他唯一的机会是先把他的合同签了,高曼的选择权一失效就签。"

"你说得对。"杰克说。

"所以,"马隆接着说,"明天你就陪他玩,而我飞去布鲁尔,找到高曼,让他在圣·约翰采取行动之前把合同签了。显然,你跟高曼签合同的事没有关系,而圣·约翰的诡计就不能得逞了。"

"那么,那些信呢?"内尔说。

"我说了,他不能利用那些信,除非他想毁了代理所一件颇有价值的财产,这是他利用那些信和他妈的人事管理合同的唯一途径。"马隆简单地解释道。

"马隆,"海琳说,"你真厉害。"

他鞠了一躬。"只是,"他说,"得看我明天能不能找到那家伙。我觉得我能。不管怎么说，老天为证，我会尽力的。"

"我希望，"杰克很严肃地对内尔说，"这件事能给你一个教训。"

"我已经被教训到了，"她承诺道，"我再也不写信了，就算是给'民众之声'专栏我也不写信了。那个服务员这会儿去哪了？我饿了。"

他们往周围看了看，那个服务员全无踪影。

"大概出去吃饭了吧。"海琳说。

马隆看了看手表，"大概回家睡觉了吧，"内尔带着歉意说，"希望没有耽误你们今晚的计划。"

"就是计划结个婚，仅此而已，"杰克带着气说。马隆礼貌地笑了笑，"很有意思。"杰克握紧了手中的姜汁汽水瓶。

"够了！要是再有人，不管男的还是女的，跟我这么说的话，我就把他的脖子拧断。我可不是开玩笑的。"

秘密试听

后来,杰克把那段日子看作人生中最糟糕的一段时光。一切都始于他跟内尔和海琳在里基茨餐厅吃的那顿早餐。他到餐厅时,两个女孩儿已经等在那里了,像一辈子的挚友那样诉说着彼此的小秘密。

他一屁股坐进扶手椅,问海琳:"昨晚伊利街发生了什么事吗?"

"没什么事,除了你让莫利凌晨三点就把我叫起来到楼下喝啤酒。"她汇报,接着又补充说,"啤酒太难喝了,但是我在那里遇到了许多有意思的人。"

一位黑头发的女服务员走过来拿走了他们点的菜单。

"八点半吃早餐真不怎么样,要是你让我说的话,"内尔抱怨道,"不论有没有试听。"

"你得在十点钟出现在圣·约翰的办公室,"杰克提醒她,"你要表现得像一个温顺可人的小女孩儿,而且不能发脾气。我会跟你在那里会面。但是在这之前,我要先把一份合同送到马隆那里,好让他带着合同飞去布鲁尔。"

内尔说:"希望上天保佑能找到那些家伙。"

"他会的,"杰克很有信心地说,"一旦马隆开始着手做什么事,他就会做好。圣·约翰很可能已经在他的合同上签了字盖了章,在西部联盟官方时间六点零一秒寄出了合同。但与此同时,马隆会在六点之前签署另一份合同。圣·约翰的合同会一文不值,拿把火烧了都是浪费火柴。"他希望自己说的话是真的。

"他真的好棒啊!"内尔说,"要不是为了托茨,我就赶你出局,海琳,然后我跟他结婚。"

"你不能那么做,"杰克说,"给你当经纪人就够惨了。"

她皱了皱眉。"但是杰克,即便圣·约翰把我卖给基弗斯的计划不能得逞,假如他仍然想让我签署人事管理合同怎么办?"

"他不能那么做,"杰克说,"当然,他拿着你的信。他当然可以借此威胁你,但是他也只能虚张声势而已。因为他知道,要把信利用起来,就毁掉了你作为广播明星的价值。毕竟,不管你被卖给谁,你都是他们代理所的一件财产。你的秀是整个他妈的广播部门的脊梁，而他是头部。不，他不能利用那些信，他明白这一点。"

"但愿你是对的。"

"我很确定我是对的。今天你就像一位好女孩一样参加试听，表现好点儿，然后一切尘埃落定之后，也许我和海琳能找个时间结婚。"

"也许吧。"海琳闷闷不乐地说。

"我会给你们一件特殊的结婚礼物作为补偿，"内尔说道，"我现在还不知道是什么礼物，但是会有那么件东西的。"

"把密歇根大街桥送给我们怎么样？"杰克建议道。

他想方设法让她们不要再在早饭期间谈论试听的事。他正要付账，海琳点了一支烟，若有所思地看了看乱扔的烟蒂、火柴和烟灰缸里皱巴巴的烟盒，然后把点燃的火柴扔到了烟灰缸中央，火焰"腾"地蹿了起来，黑头发女服务员急忙跑过来。

"不用理她，"杰克对她耳语，但声音大得在街那头都能听清，"她是个纵火狂，就是喜欢玩火，她其他方面都很好，但是是一个纵火狂。"

"是的，"内尔用同样响亮的耳语补充说，"我们必须时刻看住她。"

海琳继续忙着拿小粉盒补妆，假装什么也没听见。

"就在上个月，"杰克接着说，"她烧了奥什科什火车站，我们花了好大一笔钱才把事摆平。"

他们等着找零钱的时候，能看到黑头发女服务员小声跟另一位女服务员交谈，后者用震惊而迷惑的眼神看着海琳。

"看，"杰克说，"现在你出名啦，这就是媒体代理人的作用。"

海琳"啪"地关上粉盒，不高兴地说："你会为此后悔的。"

十点零几分，杰克走进了代理所豪华的接待室，马隆已经带着合同飞往北方，海琳上午晚些时候会到演播室找他。

"圣·约翰先生在吗？"

漂亮的前台女孩儿抬起头，"哦，贾斯特斯先生，谢天谢地！您最好赶紧进来。"

杰克走下一段长长的走廊，停在一张桌子前，一位金发女秘书正在忙着处理几页报告。

"早上好，亲爱的，你家老板今天早晨心情如何？"

金发女孩儿抬起头，严肃地说："他来的时候怒气冲冲的，他的拇趾囊肿又犯了。像这样的热天，那毛病总是更严重些。我跟他说是他的鞋子有问题，但他好像觉得没什么用，可怜的人啊！后来，布朗小姐进来了，看起来也不太开心。您最好赶紧进去。"

透过玻璃门，他听到内尔的声音提高了，几乎是在尖叫。

"不好，"他摇了摇头说，"不好，她好像感觉不太好。"

他一开门，正好看到脚本从房间那头扔过来，砸到他的脸上。

"内尔，捡起来。"圣·约翰冷冷地说。

杰克关上门。"大家都还好吧？"

"杰克，让他去死吧！"

"去死吧。"杰克照做了，拿出烟。

"我让你把脚本捡起来，内尔。"圣·约翰说。

杰克正要去捡脚本，内尔赶在了他前面。她把脚本捡起来，故意慢慢撕成碎片，扔到地上，用她的细鞋跟使劲碾了碾，然后一言不发摔门而去，"砰"的一声，连窗户都震响了。

"内尔不喜欢那份脚本，嗯？"杰克点上一支烟说。

"我觉得是这样，"圣·约翰干脆地、生气地皱了皱眉说，"她应该回来，好好地关上门！"杰克想知道圣·约翰有没有在学校管过学生。

"那不关我的事，"杰克轻松地说，"你们俩为脚本的事吵去吧，但如果你希望她今天下午能有好的表现，你就得放轻松点儿，内尔是需要被娇惯的。"

"她被娇惯得太厉害了，"圣·约翰厌烦地说，"这就是她的全部麻烦所在。"

杰克坐到角落的一张大桌子前，一条长腿前后晃着，漫不经心地说："还是不关我的事，但是，你为什么不把内尔的秀留给高曼，毕竟他也不会买其他的节目，然后把其他什么节目卖给基弗斯呢？这样广播中就会有两个而不是一个大节目了!"

"基弗斯也不会买别的。"代理人说道。

杰克非常专注地看了看他左脚的鞋子。"既然如此,为什么还要费劲为他安排一场试听呢?"

"就是走个过场。"圣·约翰说。

杰克点点头。"好吧,我说过不关我的事,我只做我的事。告诉我,你想让内尔怎么做,我会让她照办的。"他抬起头,看着桌子另一边那张苍白而消瘦的脸,想象着如果把那脸毁了多么有趣。

"很感谢你能合作,"圣·约翰说,"咱们去演播室吧,我相信咱们到那里能找到内尔。"

"内尔会在那里的。"杰克说道,他希望事实果真如此。

圣·约翰把金发女秘书叫过来,让她处理十几个或者更多当天活动的小细节。他到桌子下面把鞋子找出来,皱了皱眉穿到脚上。有那么一小会儿,他在杰克眼里只是一位疲倦而愤怒的脚疼的男人。

他们默默地驾车前往演播室。

内尔在那里,海琳也在。圣·约翰看了看海琳,不太高兴。

"这本来应该是一场秘密的试听。"

"布兰德小姐是我的机要秘书。"杰克告诉他,然后往控制间走去。舒尔茨在屋里,闷闷不乐地啃着一个苹果。

"这场秘密试听是怎么回事?"

"别问我,"杰克说,"是代理所的人安排的。"

舒尔茨闷哼了一声。

奥斯卡·贾珀斯庞大的身躯突然出现在控制间,挡住了光线。"哪个该死的写的这种脚本?"

"别问我,"杰克轻描淡写地说,"也许是圣·约翰自己写的。"

奥斯卡哼了一声:"我看压根就不是人写的,我想它是从芝加哥河上漂浮的啤酒瓶里找出来的。"

他把演员们召集到一起,进入演播室。海琳走进控制间,坐到杰克身旁。排练马上开始。

这是杰克记忆中最糟糕的一次排练,而且,他想,台词太多了。没有一句台词合奥斯卡·贾帕斯的心意。卢·西尔弗不得不放一位新女朋友的鸽子来参加试听,他讨厌每一个人。内尔第一首歌里有一段助奏,她试了一遍又一遍,就是唱不好。音效师的妻子正在生孩子,每回脚本里出现音效记号,那位准爸爸都在往医院打电话。而鲍勃·布鲁斯呢,宿醉得很厉害。

在头半个小时里,内尔就哭着跑出了演播室。杰克通过扩音器听到奥斯卡焦急地说:"别担心,到时候她就能唱好了。"

在第二个半小时里,鲍勃·布鲁斯有一段时间就是说不出"广播"

这个词，只能说"刮播"，把大家弄得一蹶不振。

可怕的一小时之后，是计时排练时间，大家发现演出超时了6.75分钟。

圣·约翰和奥斯卡退到一旁，互相谩骂着缩短脚本，杰克下楼给演员们买咖啡和三明治。他找了找内尔，发现她正心烦意乱地在大厅里走来走去。海琳用一只胳膊搂住歌手的两肩。

"我希望我能撑过去，"内尔不悦地说道。

他们走进接待室，有人在一把椅子上放了一份《美国人》晨报。杰克拿起报纸，瞥了一眼。

"哦，天哪，"杰克说，"这不可能！"

芝加哥律师

在麦迪逊附近

飞机失事受轻伤

今日早间，著名芝加哥律师约翰·约瑟夫·马隆，乘私人飞机在威斯康星州麦迪逊市附近遇事故，身受多处割伤、擦伤。据报道，飞行员生命垂危。事故发生时……

死亡贵宾室

"打起精神来,"杰克说,"可能他还是完成任务了。"他希望他的声音里有些说服力,但他自己感觉不到。

"但如果他没做到,"内尔绝望地说,"如果他没——"她停下来,皱起眉。"我可以做到,我可以把试听弄得很差劲,这样基弗斯就不会犯傻把节目买下来了。"

"你可以这么做,"杰克说,"但是很可能没什么用。"

"基弗斯可能会坚持再来一场试听,也就是说我们能再多争取一点时间。"

"我深深怀疑这一点,"杰克说,"他听过你的广播,圣·约翰说试听只是走个过场。不管怎么样，宝贝，我不觉得你能做到。我一点都不想恭维你，但我觉得你弄不出一场那么差劲的节目。"

她虚弱地对他笑了一下。

"别担心。"海琳茫然地说，希望能帮上忙。

奥斯卡出现在接待室里，他的大圆脸上挂满了晶莹的汗珠。"脚本准备好了，"他擦了擦眉毛，"太糟糕了。"

"至少没在排练中打起来。"杰克安慰地说。

奥斯卡点点头，"我也担心这一点，他们都没有真的把心放在表演上。"

杰克正要跟着他进演播室，一位侍者碰了碰他的胳膊。

"有位女士要见您，贾斯特斯先生。"

埃西·圣·约翰正等在电梯旁，她那张很普通的脸因为焦虑而变得苍白。

"杰克，我们能到哪里说几句话？我不能让人看见我在这里。"

他从接待室打开一扇通往外面的门，带她到楼梯的隐蔽处。

"杰克，我必须要警告你。"

"警告我什么？"杰克呆呆地问。

"我不知道是什么事，这就是麻烦的地方，你肯定觉得我疯了，但约翰在谋划些什么事，我看得出来，他谋划什么事的时候，就会表现出那种恶心人的得意样。"

杰克点点头。"好的，埃西，我都知道了。他在谋划些什么，但他不会得逞的。"

她的披肩往下滑了一下，她动了动，把披肩拉回来，就在那时，杰克看到了她肩上一道刺目的伤痕。

"埃西，你为什么不离开他？"

"如果我能的话，我就走了，"她干巴巴地说，"杰克，他反复跟我说，如果我那么做的话，他会跟我离婚，会到法庭上把所有的丑事都抖出来，他是真的能做出那种事。"她失神地捋了捋头发说，"我忍不住时不时出去找点乐子，你不会责备我，是吧？但他全都知道，所以我不敢离开他。"

杰克有点尴尬地拍了拍她的胳膊。

"我总有一天会下定决心一枪打死他。"她疲倦地说道。

"我会帮你买枪的。"杰克承诺说。

她淡淡地笑了笑。"我得知道今天事情怎么样了，但我怕他知道我在这里。"

"到那间小小的女更衣室里等一下，"杰克说，"结束之后，我让内尔进去告诉你。"

他捏了捏她的胳膊肘，让她安心，然后回到控制间。

排练继续索然无味地进行着。奥斯卡·贾珀斯使出了浑身解数：就是轮番羞辱、哄骗、激怒、惹得人不开心。但是，这些手法都没什么用。下午已过一半，他抬起头看看表，宣布说："彩排吧。"

彩排并没有像杰克预想得那么糟，尽管内尔的助奏片段一塌糊涂。

在接下来的表演间隙，圣·约翰溜出去请基弗斯先生，引他到下面大厅隐秘的贵宾室，在那里他能安静、私密、惬意地试听。音效师跑去往医院打电话，舒尔茨出去买了一条巧克力，卢·西尔弗去跟演播室女主播定约会，鲍勃·布鲁斯在额头上浇了些冷水。内尔走进控制间，坐到黑色的铬制桌子前，枕着胳膊趴在了桌上。

"杰克，我必须故意把节目搞糟，这是唯一的办法。"

他把一只手搭在她的肩上。

"但这简直是要了我的命，杰克，你懂得其中的原因，但其他人不会懂。奥斯卡、卢、鲍勃，甚至连舒尔茨也不懂。他们会永远记得我搞砸了一场试听。"

"也许他们也会懂的。"他说。

"算了吧，"她说，"我会永远记得的，甚至记得所有细节。我这辈子还从来没有搞砸过一场演出。"

"那只是骄傲罢了。"他告诉她。

"好吧，他妈的，只是骄傲而已。"

她疲倦地站起来，在小控制间里踱着步。与此同时，奥斯卡把乐手和试听演员们都赶进了演播室，他找到舒尔茨和音效师，开始向鲍勃·布鲁斯解释脚本上最后一刻做的改动，但后者看起来好像根本不懂。舒尔茨把一袋杏仁撒到桌上，坐到控制台旁边。最后，圣·约翰到了，微微有点跛脚。

"你怎么不跟你的贵客一起？"内尔不耐烦地问着拿起脚本。

"他想一个人听，"约翰说，"此外，我不能完全信任你，我想在这里看着你。"他冷冷地看着她，"你没练好音，这太差劲了，你完全可以离那段助奏近上几英尺。"

内尔刚要开口，又生气地闭上了嘴，突然上前用手指捏住圣·约翰的长鼻子往外拽，直到他尊严全无，疼得哇哇大叫。然后，她抬头挺胸走进了演播室。

杰克想，这真是今天唯一让人开心的时刻。

圣·约翰退到角落的一把椅子上，没有人敢看他。

"各就各位，"舒尔茨朝着通讯麦克风喊道。他看了看信号灯，贵宾室里已经准备好了。

他们并没有全都各就各位，音效师又一次失踪了。

有人找到了他，奥斯卡向演播室望过去，每个人都在场了。

"都准备好了吗？"他喊道。

"还没。"卢·西尔弗说。

大号手打起嗝来了。

最后,舒尔茨给了个手势,鲍勃·布鲁斯也打了个手势,竖琴开始了如泣如诉的合奏,内尔的歌声飘进控制间。

整整三分钟之后,舒尔茨跳起来,打出另一个手势,演播室所有声音戛然而止,舒尔茨抓起通讯麦克风。

"重来,我忘了把声音送到贵宾室了。"

奥斯卡的抱怨声通过扩音器传过来,像是河上的大船发出的"呜呜"声。圣·约翰生气地说:"你不知道你是干什么的吗,舒尔茨?"

舒尔茨跳了起来:"好啊,该死的,你重新换个控制师吧。"他朝门走去。

杰克抓住了他的胳膊。"坐下,舒尔茨,行行好吧,再来一次。"

舒尔茨犹豫了犹豫,咕咕哝哝地抱怨一番,动了动插头和开关。手势又一次打起,如泣如诉的竖琴音又一次响起,内尔的歌声又一次回荡在控制间。

试听终于走上了正轨。

杰克想,他从没见过内尔面色如此苍白。不出所料,他们的广播很棒,就是很棒。作为一个艺术家,内尔的上进心和骄傲就摆在那里呢,故意搞砸工作会让她悔恨一生。然而,把工作做好,却会要了她的命。

他焦虑地听着，第一首歌的助奏部分到了。她唱到那里，调高音调，每一个音符都唱得很精彩，很完美，很成功。这时，其他演员被她的精气神所感染，演出越来越顺利。

等到尾声部分的最后几个音符唱完，杰克确定这场试听几乎跟内尔的每一场秀一样完美。

当然，马隆现在最好已经找到高曼了！

他走进演播室，海琳就跟在他身旁，他们看到内尔已经知道自己的演出有多棒。她的面色非常苍白，眼神非常疲倦。他紧紧地抓了抓她的胳膊。

"杰克——"

"是的，我知道，内尔，我们不论如何必须让事情停下来。海琳，你去往内尔的公寓打个电话，告诉管家大约十分钟之后打电话过来，就说托茨中风了，我们必须尽快把内尔送到他的床边。"

"但是六点钟，"内尔开口说道，"六点钟，选择权失效了就——"

"六点钟，你会跟托茨一起关在一间屋里，会有一位穿着白大褂的护士和一位留着胡子的医生告诉圣·约翰，任何人在任何情况下都不准进入房间。"

"杰克，我爱你。"海琳说。

他们一起走出演播室，在门口遇到了圣·约翰，他那张苍白的脸上眉开眼笑。

"我知道你自然会做出正确的判断,现在过来跟基弗斯谈谈细节吧。还有你,贾斯特斯。"

"当然,"杰克轻快地说,"为什么不去呢?"

他让海琳在接待室等着他们,捏了捏内尔的手让她安心,然后跟着圣·约翰向下面的大厅走去。

代理人在贵宾室门前停下了脚步,"现在可不能再耍什么花招了。"

"不用担心,"内尔疲倦地说,"我知道我已经输了。"

他们开门走进去,基弗斯先生背对着他们坐在扩音器后面。他们进去时他没有站起来,甚至都没有动一下。

"基弗斯先生,"圣·约翰开口叫道。

那个男人还是没有动。

杰克上前,走到他身边,基弗斯先生有点陷到了椅子里面,就在他的右耳后部,有一个小小的、干干净净的子弹孔。

基弗斯先生已经死了,那场试听白安排了。

醉酒音乐师

杰克出于本能，迅速一脚把门关上，在内尔尖叫出声前，用一只手捂住了她的嘴。

"但是他死了。"圣·约翰用一种奇怪的淡淡的语气说道。

"这没什么稀奇的，"杰克严肃地说，"但是天哪，这是真的。"他把自己的手从内尔的嘴巴上拿开，把她推进一把椅子里。

"可是，"圣·约翰说，"试听前我离开他时，他还是活着的。"

杰克点点头。"很明显是这样，除非是你用枪把他打死的。"

圣·约翰像疯了一样看着他。"我为什么要用枪打死他？他是我的客户，我当时正为他安排一场试听。"

"我不知道,"杰克说,他突然看了看扩音器说,"圣·约翰,你离开他时,扩音器是开着的吗?"

"不,我还教给他怎么开扩音器,告诉他等我们准备好再开扩音器。"

"好吧,现在是关着的。所以,要么就是那个枪杀他的人把扩音器关上了——天知道那是为什么——要么就是扩音器根本没被打开,我觉得这种更有可能。如果是这样的话,谋杀就发生在试听开始之前。"

"你的意思是,"内尔说着又停了下来,"你的意思是说,我们经历了痛苦的排练和糟透了的一切还有视听,但根本没有人在听?你的意思是说,即便扩音器是开着的,表演的声音也传到这里了,但他早就死了?"

"我是这个意思,"杰克说,"现在闭嘴吧。"他停下来思考。

"如果他是在试听开始之前被枪杀的,也就是说,任何人都可能是凶手,试听前我们都在周围逛荡。"他仔细看看内尔,但她那苍白的脸上没有表现出任何情绪。

"但谁会那么做呢?"圣·约翰发问了,"这里根本没有人认识他。"

"是误杀,"内尔说,"肯定是误杀。"

"为什么?"杰克问。

"或者,杀他的人跟广播没有关系。"她说。

"内尔,你在说什么?"

"杰克,广播室没有人会想枪杀一位准赞助商,他肯定是被当成其他人误杀的。"

杰克仔细看了看死去的基弗斯先生,他是一位简朴的小个子男人,灰白的头发有些稀疏了,嘴唇紧绷着,看上去不是个宽宏大量的人。

"你们看,"杰克说,"我们不能就站在这里猜想是谁枪杀了他,我们必须做点什么。"

"做什么?"圣·约翰晕乎乎地说。

"我们得把他从这里弄走。想想吧,如果有人在贵宾室发现他,会惹来什么麻烦!跟这桩倒霉事相关的一切都会抖搂出来,包括你那些见不得人的事,圣·约翰。电台承担不了这样的丑闻,你也承担不了,特别是,内尔承担不了。"他飞快地转动脑筋。如果是内尔枪杀了他——还有谁会想那么做呢——必须尽快把尸体处理掉。

"但是我们能做什么?"内尔急切地问。

"谢天谢地,椅子上没有血需要清理。他血流得不多,都在外套上了。圣·约翰,不管你愿不愿意,你已经卷进来了。去叫——"他想了一下,"去叫舒尔茨、奥斯卡和布兰德小姐,带他们来这里。快点,把嘴闭紧。"

"你打算做什么?"圣·约翰把手放在门上问道。

杰克严肃地说:"我要带基弗斯先生出去兜个风。"

门一关上,他就转向内尔。

"好了,你不必担心马隆有没有到布鲁尔了。"

"哦,杰克,"内尔说,"可怜的男人,是谁杀害了他?"

"我不知道,"杰克说,"如果不是你杀的,也许跟枪杀保罗·马奇的凶手是同一个人,也许不是。或者,可能是埃西杀的,把他当成圣·约翰了。"

圣·约翰回来了,舒尔茨、奥斯卡和海琳跟他一起来了,他已经在路上跟他们解释了现在的情况。

杰克锁上门。"圣·约翰,有多少人知道试听的事?"

"除了我们自己和演员们——还有这里的销售部门,没有其他人了。"

"很好,不论如何,我们得把这家伙从这里弄走。"

舒尔茨清了清喉咙:"完全可以,这里有一个备用电梯。"

"那么电梯操作员呢?"

"这事交给我。"舒尔茨说。

"圣·约翰,基弗斯是怎么来这里的?开车,打车,还是怎样?"

"他告诉我说他是从酒店走过来的。"

"这样比较好。你跑到外面去,散布消息说你的客户没有来听试听。我会到接待室跟你碰头。海琳,把车开到备用电梯旁的后门附近——舒尔茨会告诉你在哪里。内尔,你和奥斯卡出去,到接待室尽你们所能用最凶最闹的方式大吵一架，你们应该能把一大群人吸引到那里。舒尔茨，其他的就交给你了。"

他们一一散去，按指令行事。几分钟后，舒尔茨回来了，带来一件演播室乐手穿的工作服和一瓶威士忌。他往工作服上倒了一些威士忌，又把衣服穿到威弗斯先生身上，给他戴上一顶贝雷帽遮挡弹孔。基弗斯先生的草帽困扰了他一会儿，最后，他把草帽戴到了自己头上。

他探头看了看走廊的情况，他们能听到接待室里传出内尔和奥斯卡·贾珀斯震耳欲聋的互骂声。

"周围没人，咱们走。"

他们把死人的胳膊搭在自己肩上，让他站立起来，把他带到早已准备好的货运电梯前。电梯操作员反感地闻了闻空气中的威士忌味。

"总有一天，这些吹喇叭的人里会有一位因为一身酒气被解雇掉，"他观察了一下说道，"你们应该把他的工作服脱下来，舒尔茨。"

"没时间了，"舒尔茨说，"必须得在有人看到他之前把他送走，我到车里会给他脱工作服的。"

电梯操作员嬉笑着说："那个搞音乐的，克劳斯，快要疯了。"

"这是他的第一个宝宝。"舒尔茨说。

"不是这件事，"电梯操作员说，"有个混蛋从演播室偷走了他的左轮手枪音效器，那是他自己的发明，他气得要命，都想报警了。"

"为什么会有这么该死的人去偷他的音效器?"杰克问。

电梯员摇了摇头。"我哪里知道,大概是恶作剧吧。最后一站了,都出去吧。"

他们把基弗斯先生拖到巷子口,海琳已经开车等在那里。舒尔茨脱下工作服和贝雷帽,用基弗斯先生的草帽盖住弹孔。他们让他坐在车后座上,用靠垫撑住。

"一路顺风。"舒尔茨向他们挥手告别。

"去哪里?"海琳问,沿着巷子一路驶去。

杰克没有回答。

"嗯,"驶过几个街区后,她说道,"就在昨晚,我还问你如果不得不藏起一具尸体,你会藏到哪里。"

"闭嘴,"杰克说,"我正在想。"

"你说你永远不会遇到那种问题,但你会想一想。好吧,我希望你已经想过了。"

"向林肯公园方向开。"杰克说。

太阳已经落山了,夜幕降临。他们到公园时,光线已经朦朦胧胧、模模糊糊的了,像笼着一层薄雾。杰克指挥她往一条少有人走的路上开,最后让她停在一丛灌木前。

灌木另一边有一张公园长椅,面湖而置。杰克四下看看,确保周围没人，就把死去的基弗斯先生搬到了公园长椅上，让他坐直身子。走之前，他在车里找到一份折叠的报纸，就把报纸铺在死去的基弗斯先生的膝盖上。然后，他重新坐到车里。

"继续开，"他说，"你看，当你需要处理一具尸体时，你只要——"

"轮到你闭嘴了，去哪里？"

"回演播室，"他告诉她，"我要去吓唬吓唬圣·约翰，让他把那些信交出来。"

接待室里很安静，他们到那里时，屋子里几乎是空的。一位侍者坐在桌边，沉浸在一份《美国故事》里。内尔和约翰·圣·约翰坐在一张长沙发上，一言不发，尽可能离对方坐得远一些。

杰克愉快地朝他们笑了笑。"别问我了，"他和气地说，"你们会在报纸上读到一切。现在，圣·约翰，把内尔的信交给我们吧。"

"我想我要留着那些信。"圣·约翰冷冷地说。

杰克早就料到会是这样。"你不会想让我告诉警察说你的客户什么时间在哪里被枪杀了，而你是他生前见到的最后一个人，是吧？"

圣·约翰抿了抿嘴唇，挤出一个不开心的笑容。"而你也不会想让我告诉警察你怎样处理了尸体，是吧？我想那也是一桩罪行。如果你就是要去报警，我就不得不把信作为部分证据转交给他们了，当然，报纸上——"他就说到那里。

"好吧,"杰克停了一会儿说道,"我觉得试试也无妨。"

圣·约翰说:"依目前的形势来看,布朗小姐大概会如愿跟高曼续签合同,所以她没什么可担心的。那些信现在在一个很好、很安全的地方。我想我会留着它们,以防万一。"

"大家都保持沉默好像是最理智的做法。"杰克说。

圣·约翰点点头。

"即便如此,"内尔气愤地说,"你还是得告诉我们你最初是怎么拿到信的。"

"我从保罗·马奇那里拿来的。"圣·约翰说。

"显而易见,"杰克厌烦地说,"我们想知道的是,你把他的尸体怎么样了?"

"尸体?"圣·约翰茫然地重复道。然后,他礼貌地笑了笑,"哦,这样啊,这就有意思了。"

杰克突然冲上前去,一声响亮的尖叫声打破了接待室惬意的寂静。

"哦,好家伙!"内尔·布朗狂喜道,"哦,好家伙!正中要害!"

谁是凶手

一位侍者跑过来，扶着圣·约翰站起来。

"不好意思，"杰克说，"一时冲动没控制住。"

"没关系，贾斯特斯先生，"侍者安慰他说，"这种事时不时会发生的。"

约翰·圣·约翰用一块手帕遮着脸，怒气冲冲地看着他。

"我不会忘了这事的，杰克·贾斯特斯！"

"一刻也不要忘，你不会忘的。"杰克开心地应和着，看了看那块染红的手帕和他对圣·约翰那个细长而高贵的鼻子造成的伤害。

"我总是说，"海琳在一旁看着圣·约翰僵硬的背影消失在门外，"解决争端的最好方式莫过于跟从前一样好好干一架。"

杰克拍去想象中手掌上该有的粉末。"现在结束了，我们去吃晚饭吧。"

"你怎么可能！"内尔虚弱地说，"在这样……这样一天之后，你怎么可能像平常一样吃饭、聊天或者做其他事！"

"我们铁人，"杰克尽可能模仿演讲台上的嗓音，"已经适应生活中的小麻烦。"

即便如此，内尔和海琳也只是嗤之以鼻。

他们去吃晚饭，尽量正常交谈，但不怎么成功。

"我想知道他们是不是已经找到他了？"海琳端着咖啡说。

"找到谁？"

"那个……我是说，基弗斯先生。"

内尔打了个寒战。"太可怕了，我是说，走到那里，发现有人被谋杀了。"

"你应该习惯这种事，"杰克说，"已经发生第二起了。"

"杰克！"

"我们带她回家吧，"海琳说，"我是说，我的家。到那里，她就可以尽情发泄一下。"

杰克付了账，他们出门上了车。

"我们要带她回家，"杰克说，"但她不需要发泄什么不好的情绪。

当然，谋杀会让人有点不安，但你一切都能适应。而且，这些谋杀好像全都帮了内尔的大忙。"他们在便利店停下来，又买了一些酒，然后向伊利街大楼驶去。

上楼上到一半时，内尔停了下来。"杰克，不是那间公寓吧！"

"就是，"杰克拉住她的胳膊说，"就是那间公寓，不要退缩，它跟从前完全不同了。"

海琳突然停下来："哦，天哪，我忘了。"

"你忘了什么？"杰克说，"我拿上酒了。"

"我忘了那个……我的意思是，我忘了那是同一间公寓……"

"闭嘴，"杰克说，"你们俩都把嘴闭上。"

"哦，杰克，"海琳说，"你就不能同情同情她吗？"

"我能啊，"杰克说，"但如果我认为那样对她有什么好处的话，我就去死了。往前走，把门打开。"他们走进房间时，他一只胳膊滑到了内尔的腰间扶住她。

她有点胆怯地四下看了看。"看起来不像是同一间了，一切都没了，我的意思是，他的一切。"她开始大哭起来。

杰克把她带到长沙发上，坐到她身旁，把她拉过来，让她把头趴在他的肩上。"哭吧，尽情地哭吧，没准哭一哭就好了。"

"我刚才想，"她抽泣着说，"我以前每次来这里，那时一切看起来是那个样子的。后来，我不再来了，但我知道一切如故，而他就在这里。现在，他死了，他的一切也都没有了，这里已经如此不同！"

"当然，"杰克拍拍她说，"尽情地哭吧。"

"就像是原先我根本不知道发生了什么，因为发生的事太多了。但是像这样走进这里，我突然意识到发生了什么。杰克，这太可怕了。"

"有很多事都很可怕，"杰克说，"但你得适应过来。"

"我永远也适应不了，杰克，我会不停地想着走进来发现他死了，甚至等我变成一个老女人，牙齿都掉光了，再也没有人喜欢我了，这点也不会变。我永远忘不了这件事，杰克，只要我还活着，我就永远快乐不起来了，永远，永远，永远。"

"振作一下，"杰克说，"你又没得枯草热。"

她停止哭泣，看着他："什么枯草热？"

"我的意思是，"杰克说，"想想吧，如果这一切发生到你身上，你遇到这么多麻烦，那是多么糟糕的事！然后，比所有事都麻烦的是，你还得了枯草热，那才真是可怕！"

她沉默了一分钟，终于笑了一下。

"也许我应该喝一杯。"

"也许你应该先洗把脸。"杰克说。

她想了一下："我想是这样。"

杰克踱步到厨房，海琳正在那里忙着准备酒杯，打开黑麦威士忌酒瓶。"很高兴一切都结束了。"

"我不知道，但不管怎么说，我确实赞赏你的花样同情心，"海琳评价说，"也许，把她带到这里来是一个好主意，她从此之后会感觉好许多。"她把酒杯和酒瓶都拿到起居室，倒上酒，放到桌上，然后坐到地板上。

内尔刚好洗完脸出来。

"好了，"杰克把一个杯子送到内尔手中，"现在也许我们要把这东西喝出来。"

"杰克，"内尔问道，"是谁枪杀了基弗斯先生？"

"是你吗？"他非常镇定而平和地问。

她盯着他。"杰克，你真以为是我干的？"

他避开她的眼睛。"嗯，毕竟，你就在那里，而据我所知，你是最有理由这么干的。"

"杰克，别犯傻了，"海琳生气地说，"你知道她没杀他。"

他叹了口气。"我什么也不知道，她可能干了，而且能做到。这也是我急急忙忙把尸体从那里运走的原因。"

"但我没干，杰克。"内尔说，声音里满是绝望。

"好吧，我们就假设你没干。如果你对我撒谎，就让老天拯救你吧。

如果你没干——谁会想枪杀基弗斯先生?"

"好问题,"海琳说,"试听场上,有谁跟他熟到想要枪杀他?"

"据我所知,"杰克沉思着说,"唯一一个认识他的人是圣·约翰。是不是,内尔?"

"你大概说得对。我见过他一次,那是在几个月以前。他是从费城来的,我不觉得演播室里有任何一个人认识他,除非可能被人随意介绍过。此外,那是一场秘密试听,除了演员和我们,没有人知道他在那里——而且,我确定演员里没人认识他。"

杰克叹了口气。"这样就只剩你和圣·约翰了,"他说,"而且天知道,圣·约翰不会枪杀他的,毕竟,他安排了一场秘密试听,要把节目卖给他,而且完全是秘密试听——而且,也不会挑一个他拇趾囊肿疼得厉害的日子。不,即使圣·约翰想枪杀他,他会先让他听完试听。"

"这样就只剩我了,"内尔慢慢说,"但是,杰克,我没干。"

"好的,"杰克说,"就这样吧。你发现尸体的时候,曾经无意间说了一句很中肯的话,记得吧,你说——但是不会有人枪杀一位准赞助商的,他一定是被当成别人误杀的。"

"他背对门坐着,"内尔慢慢说,"只能看到后脑勺。贵宾室的灯也不太亮,他们故意弄得有点暗,这样一来,准赞助商们就不会在应该听试听的时候看时间表了。但是,他被当成了谁呢?"

"还有其他什么人可能在试听期间待在贵宾室里？"

"除了圣·约翰，没有别人，"她停顿了一下，盯着他，"但是，杰克，也就是说有人想谋杀圣·约翰，而我们还一直在想圣·约翰是杀害保罗·马奇的凶手！"

"也许就是他干的，"杰克说，"这并不表示他是城里唯一的潜在凶手。今天下午的误杀，假设是误杀，而且凶手想枪杀的人是圣·约翰，那么这起谋杀可能是完全不相干的一回事。"

"谁会想谋杀圣·约翰呢？"海琳问道。

"任何一个认识他的人。"内尔厌烦地脱口而出。

"你也是这么说保罗·马奇的，但没什么用，"杰克叹了口气，说道，"贵宾室在演播室下面的大厅里，离接待室很远。也就是说，试听开始之前，任何跟秀有关的人都可能进去用枪打死他；或者，也可能是其他人在试听期间干的，包括埃西·圣·约翰，她也在那里等试听的消息。我希望她现在不在那里等了。"

内尔说："你觉得她把基弗斯先生错当成圣·约翰而误杀了他吗？"

"如果是她干的，"杰克说，"我觉得她还会再试一次的。"他思考了一分钟。"有意思的是，没有人听到枪声。有意思的是，保罗·马奇被杀死的时候，也没有人听到枪声。也许有人用了带消音器的枪，但这样就说明是同一个人干的，而两起谋杀之间唯一的关联就是都跟内尔有关。"

"杰克，"她认真地说，"杰克，我没干。"

"你以前也这么说过。"他对她说。

门上的蜂鸣器突然响了，他们都吓了一跳。杰克朝门外走去，发现电话是找他的，就下楼去接电话。路上，他注意到，隔壁又要开派对了，几乎跟上次那场一样吵。

电话是马隆打来的，他还在麦迪逊。

"没关系，"杰克告诉他，"一切都搞定了。我不能在电话里多说，但你现在不用去找高曼了。老天保佑，赶紧回来吧！我们需要你！"

"为什么？"

"给我做婚礼伴郎。"杰克说完挂上了电话。

他开始上楼，想着上午得开多长时间的车才能到王冠角。他刚走上最后一级台阶，突然，一声巨响从215房间紧闭的房门后传了出来，正在办着吵闹派对的房间门突然开了，大厅里站满了人。一个衣冠不整的黑头发女人拉住了杰克的胳膊。

"那么大声！是什么声音？从哪里传出来的？"

"就从那里面传出来的，"杰克紧张地说着奔向房间门，"是左轮手枪开枪的声音！"

消音的左轮

杰克向下面大厅跑去，脑筋转得飞快。枪声，谁开的枪？内尔？是不是她就是凶手，而她已经——哦，不，不是海琳。不可能！或者，有什么人在他接电话时进来了，而且——

他撞开门，衣冠不整的黑发女人紧跟其后，其他人也在后面不远处。

内尔在长沙发上坐着，平静地抽着烟。海琳站在房间中央，手里拿着一个用木头、橡胶和皮子做的奇特小装置。

"谢天谢地，"他又说了一遍，"谢天谢地！"

"怎么了？"黑发女人喊道。

"那把枪，"杰克说，"在哪……"

"我拿着呢。"海琳说。她突然松开了奇特小装置的弹簧，房间里又是一声枪响，黑发女人尖叫起来。

"我的天哪，"杰克说，"这是克劳斯的音效器啊！"

海琳大笑。"很抱歉我吓到人了。"

杰克这才注意到门厅的一小群人。

"你当然把我们吓了个魂飞魄散，"一位留着小黑胡子、身形消瘦的年轻人说，"你当然吓到我们了！"他拿手擦了擦眉毛。

海琳看上去很吃惊。"你的意思是说，这东西的声音通过大厅传到了你的房间？"

"你听啊！"年轻人说，"我还以为是火星来的小矮人着陆了呢！"他又擦了一把眉毛。"很高兴没有人受到枪击，下来喝点啤酒吧。"

海琳开心起来。"我们很高兴过去一趟，"她说，"但是为了补偿我吓到了你们，让我带瓶酒过去。对了，我刚搬来，应该是由我来买酒。"她把一瓶酒夹在胳膊下，他们跟着她走出门去，杰克招呼内尔一起来。

没有人在乎作介绍这种小事。

"整整一夸脱呢，"年轻人赞赏道，"你能加入我们的邻居大家庭真是太好了！"

年轻人的房间很小，只有两把椅子和一张床可以坐，但是没有人在意。黑麦喝完了，杰克到角落取两瓶半加仑的啤酒，后来，留着小胡子的年轻人又到角落取来两瓶半加仑啤酒。然后，其他人到角落取来更多黑麦威士忌。那时，杰克已经得知海琳的公寓里先前住着一个叫保罗·马奇的人，他是一个帅气的年轻人，从事的是广播行业的工作，他几乎欠着大楼里每个人一点钱，他还对黑头发女人承诺说要给她找一份广播电台的工作。他曾经有一位金发女朋友，据小胡子年轻人说，女孩长得很漂亮。

要不是有啤酒，杰克就感觉整个晚上都浪费了。

最后，他把内尔和海琳叫到一起离开了，在这之前，还有一场小小的争执，因为有人想知道为什么杰克能从派对上带两个女人回家。三人走进海琳的公寓，关上门。

音效器还在桌子上扔着，海琳把它拾起来，若有所思地看着。

"不要开，"杰克乞求道，"这次该有人报警了。"

她叹了口气，把它放下。

"克劳斯会让人把你抓起来的，"他说，"他爱这些东西，就跟母亲爱孩子一样。你拿它做什么？"

"我想知道楼下房间有派对时，你能不能听到左轮手枪开枪的声音。我已经弄明白了，结果是能听到。"

"是的，"他同意，"当然能听到。"

"那么，为什么保罗·马奇遭枪杀的那天晚上，他们怎么没全跑过来看看发生了什么事呢?"

"哦,"内尔说,"我现在明白了!"她停顿了一下。"真可惜,你不能到基弗斯先生被杀的贵宾室,试试在接待室能不能听到——"

"不要暗示她,"杰克激动地说,"你不了解她,她真的会去试的。"

海琳鄙视地说:"我不需要试,我确定今天下午没有人听到枪响,不然就会有人去查看了。所以,没人听到。"

"所以,"杰克接着说,"在两起案件中,都有人用了一把带消音器的手枪,也就是说肯定是同一个人作了两次案。我只有信心说到这里,没法往下推理了。海琳,我们什么时候结婚?"

"明天,"她迅速说道,"但是,杰克,是圣·约翰杀死了保罗·马奇。肯定是的,也就是说——"

"你能想象圣·约翰在试听期间或者试听之前开枪打死一位准客户吗?"杰克嘲讽地问道。他目光锐利地看着内尔说:"内尔,如果万一你对我说谎了,我就拧断你的脖子,所以,老天爷行行好吧。"

"但我没对你说谎。"她绝望地说。

他叹了口气,礼貌地说:"我会相信你。但你的确可以谋杀这两个人,而且你对这两个人都有杀人动机。在第二起谋杀中,你有双重动机——我的意思是,不论你以为你杀的是圣·约翰,还是你知道自己杀的是基弗斯,你的合同都没问题了。"

"你以为我会为了一纸合同而杀人？"

"见鬼，"杰克说，"为了得到一份好合同，更严重的事你也做得出来。"

"别惹她了。"海琳生气地说。

"别管我，"杰克温和地说，"我只是想解开两起谋杀疑团。"

海琳皱了皱眉。"想想什么人有谋杀保罗·马奇和圣·约翰或基弗斯先生的动机。"

"然后，"杰克说，"再想想在两起案件中谁有机会那么做，而且还有一支带消音器的手枪。然后，在不能把内尔牵扯进去的基础上，把案子扣到这个未知的人身上。然后呢，把她的信安全地拿回来。"杰克叹了口气，"内尔，这个女人没有更多的酒了，咱们回家吧。"

内尔不太确定地站起来说："不管怎么说，我得回家了，太晚了。"

"我开车送你回家，"海琳说，"还有你，杰克。"

他们在一楼大厅撞见了莫利，她看起来很伤感，马上就要哭了。

"谢天谢地！"她喊道，"要是没有人陪我喝一杯，我就得从窗户跳出去了。"

他们停了很长一段时间，帮她喝完了一瓶姜汁酒，听她讲述她的人生，毫无疑问，她的人生很惨。然后，海琳展示了一下她令人惊叹的车技，把内尔送到了公寓楼前，杰克看她安全地进了电梯。

"我明天会把音效器送回去,以匿名的形式,"在返回的路上,海琳说道,"如果你为此担心的话。"

"我不为这事担心,"杰克说,"但是,现在克劳斯在新生宝宝和妻子身边,就算不把左轮手枪音效器弄丢,他的麻烦也够多了。海琳,你不想回家,我也不想回家,现在还早呢,才两点钟,我们还很清醒。咱们找个地方喝杯酒吧。"

"我们不能再做这种事了,"她很坚定地说,"我要带你到门前,你要径直上楼,上床躺下睡一觉,然后,我要把车放好,自己回家。你可能已经忘了,但是你明天要结婚的。"

杰克深深地叹了一口气。"我担心婚姻会让你过于清醒,"他很有深度地说,"也许,我最终也娶不了你。"

她一言不发又开了半个街区。

"好吧,"她说,"好吧,但我们只能停下来喝一杯。就一杯!"

芝加哥大街警察局

　　杰克从半是宿醉半是梦魇的睡梦中醒来，琢磨着到底是睁开眼更舒服点，还是闭着眼更舒服点。他认真地想了一会儿，然后下决心要把今天作为起点，过上全新的好得多的生活。

　　他模糊地，非常模糊地记着打车把海琳送回了家。他想知道他们把她的车放到哪里了，他们还能不能找得到。

　　他记得，今天有件特别重要的事。或者，是刚刚醒来的梦里有件特别重要的事？不，他确定，他很确定。不管怎么样，有件真事。不是幻觉。幻觉？那是什么？哦，是的，托茨才有幻觉。是一种介于幻觉跟幻想之间的状态。

他希望自己还没醒过来。

是什么事那么重要呢？有件事让今天跟有史以来的任何一天都不一样，不论是他的历史还是世界的历史。有件事，等着他去干。

他希望自己能想起是什么事。

他正在集中精力想那件事，电话响了，是海琳。

"今天我们要结婚，或者，你忘了吧？"

"我正在认真规划日程呢。"他大言不惭地说。

"我还以为或许你刚记起自己在圣·路易斯早有家室。"

"不是圣·路易斯，是阿伦敦，"杰克故作诧异，"你怎么知道的？"

"也许我说这话有点泄气，但我感觉我们永远去不了王冠角了。"

"今天没有试听，"杰克说，"而且据我所知，也没有枪击日程。不论如何，这次什么都阻挡不了我们了。什么也不能。你明白了吗？我马上就来，"他看了看手表，"半小时到。"

他刮了胡子，洗了澡，穿戴整齐，又花30秒选了条领带。

他刚要出门，突然响起了敲门声。他打开门，门外站着马隆。马隆的一只眼上还斜搭着一条绷带。

"下回我出行的时候，我就骑三轮车。"小个子律师没好气地说。他走进房间，一脚把门踢上。"想象一下，当我看到那棵树朝我们冲过来时我是什么感觉；想象一下，我怎么都去不了布鲁尔是什么感觉；

想象一下，你跟我说一切都是浪费时间时，我是什么感觉！现在跟我说说，为什么我不需要找高曼了。"

"有人枪杀了圣·约翰的客户，"杰克说，"就在试听期间。你吃过早饭了吗？"

"是谁打死他的？"

"一个手里有枪的男人，或者也许是个女人。你吃过早饭了吗？"

"哇哦！发生了什么事？"

"你看，"杰克，"我已经烦透了这件事了。今天我要和海琳到王冠角结婚，我现在正要去接她。如果你想来吃早饭，我就在路上跟你讲一讲。如果你不想来，那你就去死吧。"

"非常善意的邀请，"马隆说，"而且够真诚。如果你只想结婚，那就不是我的事了。来跟我说说谋杀案吧。"

他们到215公寓的时候，杰克已经讲完了基弗斯先生的突然死亡，以及他们后来如何处理了尸体。海琳热情地迎接他们，请马隆作为伴娘跟他们一起来。马隆答应了，但表明他拒绝穿胸衣。杰克和海琳为煮咖啡的程序拌了几句嘴，然后讨论了一下前一天晚上她可能或不可能把车怎么样了，马隆开始浏览晨报。

最后，咖啡端上来了，杰克把报纸摊开铺在桌上。

警方非常关注在林肯公园长椅上发现了死去的基弗斯先生这件事。

报纸上有长椅的照片，还有一位叫加登斯基的警察指明发现尸体的准确地点。有一条报道中提到死者膝盖上放着一份芝加哥报，而报纸上有一篇南方各州犯罪状况堪忧的报道。另一条报道中提供了同样的事实，但是说报纸上有一位好莱坞皇后的照片。两则报道都认为折叠的报纸非常重要，但没有任何迹象表明死去的基弗斯先生曾到芝加哥参加一场电台试听。

"谢天谢地。"杰克说。

马隆皱了皱眉，把一点咖啡洒到了袖口上。"我想，你应该知道，你擅动尸体，已经犯了一桩严重的罪行。"

"见鬼，"杰克说，"换了你会怎么办？我受雇保护内尔·布朗的名声，不管用什么办法，这只是诸多办法中的一种。假如他被人发现死在贵宾室，而且是去听内尔·布朗的秘密试听的，你想会怎样？"

"都一样，"小个子律师说，"他们都是为这类事把人关进监狱的。"

"去他妈的，"杰克生气地说，"我们找律师干什么的？让你那思维的小火车开动起来，想想发现尸体的事。那是一场秘密试听，为什么要安排一场秘密试听？高曼老爹正从布鲁尔赶回来，他的内尔·布朗为另一位客户准备了一场秘密试听！内尔·布朗能跟他解释说是因为圣·约翰勒索她才答应试听的吗？不论如何，高曼老爹周五晚上都有拒绝续签的绝佳理由。"

"我的天哪，"马隆发火了，把剩下的咖啡全洒了，"有两个人被谋杀了，但你关心的只是让内尔·布朗续签合同！"

"我关心的只是，"杰克说，"什么时候我们能去王冠角结婚。"

"假如，"马隆沉思着说，"假如有人记起曾看见基弗斯往电台演播室的方向走。"

"没人记得。他不是那种能让人过目不忘的类型，只是一个相貌平平的小个子男人。"

"人们注意到的总是这种人，"马隆评论道。他坐着想了一分钟，"不管怎么样，如果他是一个相貌平平的小个子男人，能有人把他误认作圣·约翰也真是见了鬼了。"

"贵宾室灯光很暗。"杰克说。

"灯光不可能那么暗。"

"凶手视力不好。"海琳帮忙说道。

"也许吧，"马隆说，"也许视力不好。你可能觉得找到了什么线索，但是，我们知道，他那一枪准得要命。"他长长地吸了一口气，"如果有人真要谋杀圣·约翰，他就可能再试一次。"

"上天保佑，来上这么一次吧！"杰克愤怒地说。

"好吧，但我们得先把内尔的信从他那里拿回来。"

"先让我跟海琳结婚吧。"

"咱们先想想我的车放在哪里了吧。"海琳说。

"真好啊,"杰克气愤地说,"我跟你结婚只是因为我喜欢那辆车,而你却把它弄丢了。"

"如果你能记起我们昨晚去了哪,也许我能记起车在哪里。"

"这可真有意思,"马隆急躁地说,"但是不要忘了你们已经卷进两起谋杀案里,你还犯了一桩可能让你进监狱的罪行,只有上天知道接下来会发生什么,而老天什么也不会说。"他站起来,慢慢踱到窗前,站在那里,望着外面院子里乱七八糟的油桶、晾衣绳、垃圾桶和疲倦的猫,"我的思维小火车正在高速奔驰呢。"

他们沉默了几分钟。

"是这样的,"马隆依然望着窗外说道,"这不是我的念头,你们懂的,只是一种念头。这种念头也会很受欢迎的。"

"你到底在说什么?"杰克问道。

小个子律师好像没有听到他的话。"作为内尔·布朗的经纪人,杰克发现基弗斯先生的死亡对他非常有利。我们不需要太深入挖掘什么动机,只要有重要的财务动机就够了。现如今,只要能带来四位数以上的现金,就都是重要的财务动机。也有些友谊动机。无私的爱情动机也很时尚。"他又停了下来。

"死去的基弗斯先生,"他继续沉思着说道,"是在一个不确定的时间被人枪杀的,很可能是杰克在演播室外面的走廊里闲逛的时候。我这样说,只是作为另一个很可能受到欢迎的念头。"

"最后,"他慢慢说到高潮处,"这个该死的混蛋,杰克·贾斯特斯,继续做他的工作,移走尸体,顺便消灭了他的罪证。"他摆出一个夸张的姿势,结束他的推理。

停顿了很久之后,他又温和地说:"这样,海琳,如果他们吊死杰克,你还可以嫁给我。"

"但我不会的。"她晕晕乎乎地说道。

"你在拒绝我吗?"马隆愉快地问道。

"我早说过,"杰克评论道,"我们要律师干什么?"

"我只是一个律师,"马隆告诉他,"不是一位魔法师。"

"你是个疯子,"海琳生气地说,"没有任何人会想出那种念头,你知道的。"

马隆耸了耸肩。"悉听尊便!还有另一种念头,就是内尔杀了人,而杰克移走尸体来保护他的客户和朋友。"

"据我所知,"杰克慢慢地说,"那种念头可能是对的。但是,去他妈的,马隆,不会有人发现基弗斯是在演播室被枪杀的。"

马隆说:"飞行员会告诉你,一个好的着陆点,就是一个你能走着避开的着陆点。这话同样适用于好的杀人凶手。但是,我有一种不祥的预感,就是这位杀人凶手不是一个你能走着避开的杀人犯。"

"我们要怎么做?"杰克问。

"我要去见个人,"马隆说,"一位叫凡·弗拉纳根的警官中尉。"

"再说一遍?"海琳说。

"凡·弗拉纳根,"马隆告诉她,"那是他的名字。原来他叫弗拉纳根,但是大家都拿这名字跟他开玩笑,说这是当警察的好名字,最后他就去法院,在前面加了个'凡'。"

"他应该改为'凡·大弗拉纳根',"她评论说,"你为什么想要见他?"

"我想跟他说,我以前认识一个叫基弗斯的人,我想知道是不是就是这一个,结果不是同一个人。但在这个过程中,我就能搞明白警方对这起谋杀案掌握多少信息了。"

"卑鄙间谍的自白,"海琳说,"然后呢?"

"我们要去结婚,"杰克固执地说,"今天。"

马隆摇摇头。"先干这个!我要先确保没有人记得基弗斯昨天下午去听试听的事,然后才能放你们俩走。然后,我会在路上加速,我甚至还会买上花。"

"你大概会挑个花圈。"杰克闷闷不乐地说。

马隆找出早就滚到长沙发下面的帽子,徒劳地拂了拂上面的灰尘说,"我的希望就是你们今天不要进警察局。"

海琳突然尖叫了一声,跳起来说:"我想起来了!我知道了!"

"怎么了?"杰克问,"怎么回事!"

他们满怀希望地盯着她。

"我的车,我现在记起来我把它停在哪儿了。"

"哦,见鬼,"杰克说,"我还以为你知道是谁杀了基弗斯先生呢。它在哪呢?"

"我把它停在芝加哥大街警察局前那块'禁止停车'的牌子旁边了,"她开心地说,"我记得当时想,这绝对是个安全的好停车处。"

基弗斯死亡论

马隆认识芝加哥大街警察局的窗口办事员，他想办法讲出一个好理由，解释为什么要把那辆大进口车停在两块"禁止停车"的大牌子之前过夜。然后，他取了车开到海琳家，跟她说如果她能骑自行车的话，他的生活也会容易些。事后，他就去找丹尼尔·凡·弗拉纳根了。

天气很热，大个子警官热得满脸通红，看起来无精打采，非常疲倦。马隆提议找个安静的地方喝杯冷饮，他很喜欢这个建议，就像是困在海上的水手欢迎海岸警卫队的到来一般。

凡·弗拉纳根是一个疲惫易怒、郁郁寡欢的男人，就像他跟马隆说的，他只是一个想尽职尽责完成工作的小警察。然而，警察部门、地方法院和报纸好像都让他个人为人们花样百出的互相谋杀负责任。"就是直截了当地一枪毙命，我可以理解，"他郁闷地看着啤酒说，"但是，人们为什么要想这么多花样，让我的日子如此难过呢，我不明白。"

"也许这不是针对你个人的，"马隆说，"你看，你已经带走那位枪杀丈夫的女士了，"凡·弗拉纳根接着说，"她在自家厨房开枪打死了他，屋子里没有别的人，邻居报了警，她拿着打死他的那把枪，而且所有人都知道她恨他入骨。一切都干净利落，不吵闹，不麻烦。我逮捕了她，而你为她辩护，她被无罪释放，我也理解她要嫁给西部那个拥有连锁酒店的家伙，他也是个好人。这是我希望看到的事情。迅速、干净、简单。"

"就是有这么多人，不管干什么都要大费周章。"马隆同情地说。

"你的意思是让我大费周章吧，"凡·弗拉纳根说，"如果能再来一次的话，我最开始就会选择自己想干的殡葬业。相信我，要不是市议员的小舅子欠我老爸钱，我压根就不会当警察。现在你提到这个在林肯公园被枪杀的家伙了，他这一整天都快把我逼疯了。"他沉重地叹了一口气。

"他怎么了？"马隆问，"我没怎么看报纸，就看了看标题。"

"再来些啤酒，"凡·弗拉纳根对服务员说，"听着，格斯，你最好一次拿两瓶过来。一个叫利奥·加登斯基的公园巡逻警察在高架桥附近的路上走着，看到了这个在长椅上睡觉的家伙。所以，他就过去把他赶走，却发现这家伙不是睡着了，而是死了。"他又叹了口气，用更大的声音说，"简直糟透了！"

"为什么？"马隆淡淡地问。

"因为找不出什么人枪杀他的理由啊，"凡·弗拉纳根生气地说，"没有人想开枪打死他。他来自费城，很有钱，是做肥皂的。现如今要做他妈的一大堆工作才能找到一个家伙的信息，是不是？我问你。在芝加哥根本没人认识他，甚至没人听说过他。见鬼的是，根本没人知道他为什么来这里。"他忧郁地看着酒杯。

"这讲不通啊。"马隆说。

"他妈的我当然知道讲不通。你看，这家伙昨天从费城飞到这里，大概中午进的城。这些我们知道。他在德里克酒店办了入住，上楼进房间，梳洗整齐——他只随身带了一只小手提包，里面装着剃须刀和一件干净衬衫——然后下楼吃午饭，然后出门去了。这些我们知道。然后怎么样了呢？然后他出现在林肯公园，一张长椅上，死了。"

马隆感觉上天特别眷顾杰克·贾斯特斯，他又要了一杯啤酒。

"听起来他好像是来出公差的。"他随便说道。

凡·弗拉纳根点点头。"是啊，但是是什么公差呢？没有人知道任何信息。他的公司在这里有一个销售部，但那里甚至没有人知道他来城里了。他没打算待很久,他还预订了午夜的飞机。"他停了停,拂走脸上的一只苍蝇。"我攒了一点钱,明年我打算退休,你知道我要去做什么吗?我要去养水貂。"

"水貂?"小个子律师呆呆地重复道,他满脑子都还是基弗斯先生的问题。

"是的,水貂。安妮缠了我三年,让我给她买件貂皮大衣,去年冬天我就买了一件,你知道那破玩意花了我多少钱吗?"

"郑重声明,我知道有多贵。"马隆痛苦地说着,像是想起了什么,"你能从费城找到什么信息吗?"

"见鬼,不能,"警官说,"那里没有人知道他去了哪,他跟办公室的人说他要外出一天,仅此而已。不论他来这里是干什么的,他肯定是秘密行事。"

"也许有人跟着他来这里了。"马隆暗示道。

"你以为我们没有想到这一点吗?"凡·弗拉纳根挖苦地说,"我们调查了他的妻子、孩子、亲家、女朋友——好家伙,她可真难缠——他的生意伙伴,甚至包括他的赌马经纪人。没有人跟他来芝加哥,甚至没有人知道他要来芝加哥。我跟你说,马隆,这毫无道理。"

"嗯,"马隆说,"好像是这样。他大概就是到公园里散个步,然后坐到长椅上休息一下。有人在拿枪打鸟,或者打湖里的锡罐,或者其他什么玩意,结果失手打到他了。可能那人都还不知道。"

凡·弗拉纳根点点头。"当然,这样就简单了。这么简单,我自己也能想得到。只是,马隆,他不是在公园长椅上被枪打死的,他是被人移到那里去的。"

马隆抬了抬眉头,长吸了一口气,很慢地说道:"那就有意思了。"

"这可不是什么有意思的事。"

"你怎么知道他是被移过去的?"

"因为——"凡·弗拉纳根咕哝着说,"加登斯基发现他的时候,他已经不知道怎么死了一个小时了。嗯,我们还找到一对情侣,在加登斯基发现尸体不到15分钟之前,他们就坐过那张长椅。"他松了松领带接着说,"尸体被发现的时候,自然引来一阵骚乱,这对情侣正从长椅边走过,他们就来看热闹。然后,那个男的,他说:'怎么回事,几分钟之前我们还坐在那张长椅上!'"

"我明白了。"马隆点点头,想知道为什么那个眷顾杰克·贾斯特斯的神没长脑子。

"所以,"警官总结道,"他一定是在别处被人打死的,然后有人把他运到了林肯公园,让他坐在那张长椅上。现在,你能行行好,跟我说说为什么会有人那么做吗?"

"对呀,为什么?"马隆小声嘀咕。

"为什么不把他留在原处？或者，如果他因为某种原因不得不把他运走，为什么要让他坐在林肯公园的长椅上，还在他头上戴顶帽子，到底是他妈的为什么还要在他膝盖上放份报纸？"凡·弗拉纳根擦了一把汗涔涔的眉毛。"我告诉你，马隆，没有哪个脑子没病的人会做出这种事！"

"你说得，"马隆真诚地说，"太对了！"

凡·弗拉纳根招呼服务员再拿些啤酒。"明白我的意思了吗？就是这样的事，让我的日子很难过。现在你养水貂，它们不会给你惹任何麻烦。它们很健康，如果你把它们照顾好的话，而且——"

"你打算怎么处理基弗斯的案子？"马隆打断他说。

"我必须得做点什么！简直要了我的命了！"他温和的蓝眼睛里闪过一丝坚定的眼神。"我也必须得做点什么。我是一个很随和的人，只想做好自己的事，不想惹麻烦，也不轻易感到痛心，但是我为这个案子痛心，我的意思是，我是个好人，我感到痛心。也许，我就是这么个笨警察。好吧，所以，我就是个笨警察。但是，老天作证，我一定要找到枪杀那家伙的凶手，把他带到林肯公园去。"

"我祝你好运。"马隆由衷地说道，但他希望老天能原谅他。

"我要细细梳理那家伙的生活，弄明白他为什么来芝加哥。有人知道原因，我会查出来的。我要在每一份报纸上都登载他的照片，会有人记得曾经见过他。我要弄明白他离开德里克酒店之后去了哪里,哪怕这是我要做的最后一件事,我也在所不惜。"他抬了抬下巴,"我也不在乎这事会耗费多长时间,我不觉得我会失败,因为我就是会做好。我为此感到痛心,仅此而已。人们对我做这种事是不对的,如果我忍了,我就不得好死。"

马隆想起以前每次凡·弗拉纳根被激怒,他都会表现出这么一股倔强的劲头,他觉得未来几天会非常忙。然而,他还是带着希望说了一句。

"你可以,"他若有所思地说,"用那套意外死亡论完成任务,在报纸上登出来。"

凡·弗拉纳根摇摇头。"当然,我可以那样做,但我不会的,在这个案子上不会那样做。"他把酒杯重重地放到桌上,"现在,你明白我的意思了吧,马隆?就是这样的事让一个好人的日子很难过。明年我就退休了,所以老天保佑我吧。你要做的只是买一个可爱的小农场,弄两只水貂,然后等着就行了。仅此而已。我们最好再来点啤酒。"

丢失的音效器

"运气好的话，"马隆说，"我能让他只判20年刑。我希望你能等着他，海琳，他是个好小伙子。"

他已经讲完了他跟凡·弗拉纳根的会面过程，就连杰克看起来也有点忧虑了。

律师叹了口气。"嗯，你们已经知道凡·弗拉纳根要干什么了，也许，我们最好赶在他前面。我的意思是，我们最好找出是谁谋杀了费城的基弗斯先生。是的，我想，也许我们最好这样做。"

"基弗斯先生，"马隆若有所思地说，"好像就是完美的平平常常的成功市民，让人难以相信有这么完美的人。我看过他的照片，是个相貌平平的小个子男人。感谢凡·弗拉纳根的部门，我了解了他的生活。他是一个很好的肥皂加工商，是一个很好的二流俱乐部的成员。他在费城郊区有座价值不菲的房子，也许从装饰上来看还是一座很有设计感的房子。他有妻子，有两个孩子；妻子管理着一个花园俱乐部；孩子已经大学毕业，靠父亲生活。他的女朋友过去是位私人秘书——不是他的私人秘书，是别人的秘书。从这里能看出这个男人有些品位，但没多少活着的乐趣。然而，还是没有什么理由被人枪杀。"

他停下来，来来回回在房间里踱着步，在地毯各处留下小撮烟灰。

"有意思，任何人都没有理由枪杀他，但还是有人那么干了。"

又是一阵沉默，又在房间里走了几个来回。小个子律师在踱步时突然注意到了桌上那个奇形怪状的由木头、皮革和橡胶做成的小装置。他拾起来，心不在焉地拿在手里摆弄着。

突然，一声枪响打破了寂静。杰克跳了起来，海琳尖叫出声。马隆把小装置扔到地上，好像它变了形，咬了他一口。

"见鬼，"他莫名其妙地说，然后又说一遍，"见鬼！"

"你启动了音效器。"杰克一回过神来就大口喘着气告诉他。

马隆把小装置捡起来，看了看，试验了一下，又弄响了一次，这回就没有造成那么可怕的后果了。然后，他满腹狐疑地看着海琳。

"那是克劳斯的音效器，"杰克解释道，"海琳偷过来做个试验，她打算再把它还回去。"他讲了讲试验过程和结果。

"所以，"海琳补充道，"肯定是有一支带消音器的枪，也就是说——"

"等等，"律师兴奋地说，"等等。"他看了他们一会儿，走到窗边往外看了看，拿起音效器，又把它放下，然后拿出一支雪茄点上，又在房间里走了两个来回。

"马隆，"海琳用近乎绝望的声音说道，"什么情况？"

"昨晚我听了内尔的节目，"马隆说，"我还听了大概五分钟后面的节目。杰克，那是什么节目？"

"'真实的帮派故事'，或者诸如此类的题目。"杰克立刻说道。

"你不是跟我说，你走进保罗·马奇的公寓发现尸体时，房间里大声地放着收音机节目吗？"

"是的！"杰克说，他的眼中闪过一道光芒。"该死的，千真万确，你可能想对了。上周的黑帮故事里全是枪声，没有人会注意到多出来一声枪响的。任何一个听到的人都会以为是广播中克劳斯的音效器在响。"

海琳说："太棒了！然后呢？"

杰克不理会她。"如果真是这样，"他说，"那就正好跟枪击时间一致，就在内尔·布朗表演剧团节目之后的半个小时之内。"

他们面面相觑。

"但是，在试听期间，"海琳开口了，"我的意思是，基弗斯先生被杀的时候——那次的枪声是怎么回事呢？"

这回轮到杰克来回踱步了，第八圈走到一半时，他突然停下了脚步，开始环顾整个房间。

"报纸，"他说，"我需要报纸，昨天的报纸。"

海琳从垃圾桶里捡出一份报纸，他把它摊在地板上，翻到广播版，伸出一根食指顺着下午的节目单往下滑。

"就在试听之前，"他慢慢说道，"就在我们开始那场试听之前的几分钟，广播里的节目是'落基山骑士'。很可能接待室的扩音器那时是开着的，而那个节目——落基山骑士——有一段标准开场。"

他停下来想了想。

"开场是，"他慢慢说，"一场喧闹的印第安战争，一阵响亮的马蹄声。"——他把手指并拢起来，拿手掌拍着大腿，惟妙惟肖地真实再现了马蹄声——"然后是一阵猛烈的枪击。砰——砰——咔嗒——砰——砰——砰！"他拿起音效器，迅速连续放了五六响。

大家还没来得及说话，就听到大厅里传来小跑的脚步声。杰克打开门，探出头说："没事的，莫利，只是我在朝我的女孩放枪。"他重新关上门，脚步声远去了。

"也就是说，"马隆说，"不需要一支带消音器的手枪，在两起谋杀中，枪声都被盖住了。"

"很好,"杰克点评道,"现在,我们只需要知道是谁放的枪就行了。"

马隆叹了口气。"我这里有更多念头。第一种,两起谋杀案是同一个凶手所为。这种念头包含两种可能:a. 两起谋杀案的那个凶手错把基弗斯先生当成了圣·约翰;b. 两起谋杀案的那个凶手只把基弗斯先生当成了基弗斯先生。第二种,这是两起完全不同、毫不相干的谋杀案,关于第二起谋杀案的凶手,这里又有同样的两种可能:a. 凶手以为他枪杀的是圣·约翰,b. 凶手以为他枪杀的是基弗斯先生。"

"还有可能性c,"海琳说,"克劳斯以为是基弗斯先生偷了他的音效器。"

没有人注意她说话。

"我现在想知道的是,"马隆一边绝望地四处找帽子一边说,"这个家伙有没有被误认作圣·约翰?我见过他的照片,我想见见圣·约翰。"他终于在桌边一份皱巴巴的报纸下面找到了那顶帽子。"备好你们的马儿,我们要去拜访圣·约翰。"

他们下了楼,坐上车,沿着密歇根大街一路开下去,半路上海琳终于缓过劲来,问道:"但是我们为什么要去见圣·约翰呢?"

"我想好好看看他。"马隆告诉她。

"我比他好看多了。"杰克故作忸怩地说。

"才不是呢,"海琳说,"圣·约翰长得很帅气,气质高贵,引人注目。他总是穿着英式毛呢大衣，叼着弯杆烟斗坐在壁炉前，脚下还趴着一只大猎狗。"

"他有拇趾囊肿，"杰克说，"别忘了，圣·约翰以为你是我的机要秘书。"

"机要秘书，"马隆轻蔑地说，"穿着简约的亚麻小灰裙，还是从巴黎买来的。"

"你怎么能看出这是巴黎买的裙子？"海琳一边问一边把车开往瓦克尔大道。

马隆急躁地说："问我的秘书吧，都是她用我的私人账户帮我付私密账单的。"他又轻蔑地说道，"好吧，如果圣·约翰想知道杰克的秘书穿的是什么衣服，你可以想想怎么说。"

"我会告诉他，都是我的律师为她买衣服。"杰克说。

像往常一样，一大群满怀希望的女演员、男演员、剧作家正等着见那位伟大的约翰·圣·约翰，但电话总机旁的红发女孩笑容满面地看了看杰克，就让这三人进去了，没有等待。

圣·约翰看起来虚弱而疲倦。

"睡得好吧？"杰克愉快地问着，坐进一把舒适的红色皮椅里，欣赏了一下圣·约翰那红肿的细长而高贵的鼻子。

"非常好。"圣·约翰说，但他看起来可不是那样。

马隆走近去看他，又绕到桌子另一边看他的轮廓，然后走回来从正面盯着他，接着从口袋里掏出一张折叠的报纸，仔细看看死去的基弗斯先生的照片。

"不，杰克，"他说，"我觉得你弄错了，不会有人把基弗斯先生当成这个家伙的。"

"即使在昏暗的灯光下？"杰克问。

"既使在暗处也不会，"马隆说，"你看这个家伙的前额，再看看基弗斯先生的。圣·约翰有一缕头发是这样过来的，但基弗斯是半秃顶。圣·约翰有一张又长又瘦的马脸，而基弗斯差不多是个圆脸。"

"也许你是对的，"杰克说，"但这也算是个想法。"

"他俩看起来是不像，"海琳说，"但好像还是没人有枪杀基弗斯先生的动机啊。"

圣·约翰很微妙地清了清喉咙。"我不介意你们把我的办公室当会议室，"他愉快地说，"但是我以为你们是来见我的。"

"的确是的，"马隆说，"差点忘了。有多少人知道你的客户，基弗斯先生，昨天参加了一场秘密试听？"

圣·约翰的右眉毛挑高了半英寸。"就让杀害基弗斯先生的凶手安息，不是更安全吗？毕竟，我好像是唯一一个因为这场谋杀有所损失的人，天知道，我真想把所有的事都抖搂出来。"

"我不仅想让它抖搂出来，"马隆说，"我还想看着它被埋葬起来。

这就是我问你问题的原因。"

"好吧,"圣·约翰若有所思,"好吧,有内尔——当然,还有这两个人,"他朝杰克和海琳的方向点点头,"此外还有——奥斯卡、舒尔茨、广播公司销售部的罗斯。昨天,我跟罗斯说我的客户最后没有来试听,他很同情我,据我观察,他相信我了。"

"卢·西尔弗呢?"杰克问,"还有乐队的小子们和演员?"

"他们都不知道试听是为谁安排的。"

"完美,"杰克说,"简直就是为谋杀精心打造的场景,就像是计划好的一样。"

"你是在暗示些什么吗?"圣·约翰用毫无感情的声音问道,还挑了挑另一条眉毛。

"不,"杰克厌烦地说,"我怎么会呢?"

"算了,"马隆说,"你看,圣·约翰,你很确定没人知道他要来这里?这个问题太他妈的重要了。"

"确定,"圣·约翰疲倦地说着,脚上一只鞋滑落到了桌子下面,"我自己在电梯那里接的他,然后领他去了贵宾室。除了电梯操作员,没有人看见过他,那些电梯每天都搭乘几百号人。"

"好吧,那么,"马隆说,"可以肯定,没有人会发现基弗斯是在贵宾室被枪杀的,而且他的尸体被移到了林肯公园。这就是我所担心的。"

"当然,"圣·约翰冷冰冰地说,"谋杀就是谋杀,移动尸体可能是一桩严重的罪行。"

"藏匿证据也一样,"马隆拿起他的帽子说,"你也不清白!但是,我一点也不在乎是谁谋杀了那个家伙,我不是警察。我的工作是让人陷在麻烦中,或者让人从麻烦里脱身。我也很擅长做这事。如果你卷进谋杀案的话,圣·约翰,这是我的名片。"

他向杰克和海琳点点头,他们一起离开了那里。他们在门厅跟圣·约翰的秘书擦肩而过,秘书抱着一大堆脚本和一小把电报。尽管门关着,他们还是能听到圣·约翰疲乏而心烦地说:"哦,天哪,为什么一切都得由我处理——"

"可怜的家伙。"海琳小声嘀咕道。

"我们没找到多少线索,"马隆说,"但我们和圣·约翰好像能彼此制约。他不能把内尔写给保罗·马奇的信公之于众,因为如果他那么做了,我们就能公布基弗斯在贵宾室被谋杀的事,让他陷入大麻烦之中。反之亦然。所以,现在谁也不能先采取行动。"

"内尔·布朗表演剧团还真是没有风平浪静的时候呢,"杰克评论道,"但是,如果有人能一枪打死圣·约翰,一切都会变简单。也许,如果我们等的时间足够长,埃西·圣·约翰会那么干的。现在,让我和海琳去王冠角结婚吧!今天看起来是结婚的好日子。"

永不抵达的王冠角

"我要先回家换件衣服,"海琳抱怨道,"如果我真要结婚的话,我得打扮一下。"

马隆说:"我可以在午夜前的任何时间陪你们到王冠角结婚。海琳可以去换衣服,我们去吃晚饭,然后我再过来陪你们结婚。我到时候既做伴娘又做伴郎,我甚至会买好杜松子酒的。"

"好的,"杰克长叹一口气说,"但我现在感觉婚礼会拖到养老院举行。"

他们驾车回到伊利街,到海琳的公寓,发现内尔和贝比肩并肩坐在长沙发上。

"门是开着的,"内尔解释说,"所以,我们就进来了。海琳,这是贝比;贝比,这是海琳。我们就是过来看看你们今天是不是真的要结婚。"

"是这样打算的,"杰克说。他看到小个子律师的眼睛里闪过一道疑惑的光芒,他有一种不祥的预感,结婚计划至少又要被拖延一次。

"你们到访,我很高兴,"马隆开心地说,"我们正好有时间一起喝一杯,然后再出发去王冠角。"他跟海琳钻进厨房,开始调制一种大杯冷饮,主要成分是杜松子酒。

杰克在一把舒服的椅子上坐下来,看着贝比。谢天谢地,他想,这回不是个漂亮男孩,顶多能说足够好看,但是算不上帅气。他好像根本不在乎自己好看与否,大概还不懂吧。杰克想,样子还是相当孩子气,他想知道内尔是不是这个年轻人的生命中第一个重要的爱人。

"不,"贝比对海琳说,"电台工作对我来说并不是特别有吸引力,工作很辛苦,但我喜欢。"

杰克想,贝比喜欢辛苦的工作,也必须要做辛苦的工作。他不是另一个保罗·马奇,那家伙有能力,但是靠着个人魅力吃饭。神奇的是,这回内尔选得很睿智。

"你认识广播电台一个叫保罗·马奇的人吗?"海琳天真地问,"这里以前是他的公寓。"

贝比皱了皱眉。让杰克感到高兴的是,他没有看内尔那张过于淡漠的脸,"保罗·马奇,是的,我认识。几个月以前我在一个日间剧中为他做了一些工作,他工作能力很强,我跟他不是很熟。"

这话听起来足够真诚。

马隆把话题从保罗·马奇身上转开,杰克继续想内尔·布朗和贝比的事。他想知道这件事会如何收尾。显而易见,贝比是认真的。会有很多杜松子酒从桥下流过,逝者如斯夫,但贝比要过很长时间才能忘掉内尔·布朗。太悲惨了。但是内尔呢?杰克叹了口气,不知道怎么回事,他感觉结局会非常非常悲惨。

马隆在谈林肯公园长椅上离奇的基弗斯先生谋杀案。

贝比的眼睛闪闪发光。"我说,我过去为他工作过,真没想到啊,但就是同一个人。"

"真的吗?"海琳瞪大眼睛问。

"千真万确,"贝比告诉她,"他在费城有个本地广播节目,我在那里打杂,但他觉得我很懒散,我就走人了,后来我就来到了芝加哥。"

"哦,哦,"杰克说,"肯定不容易吧,潜行到公园长椅一枪打死他。"

贝比笑了起来。"哦,对我来说不费劲,我就悄悄地潜行到他身边。你们看,我是一个如假包换、血气方刚的切罗基族印第安人呢,我的头发还漂白过。"

"说到漂白头发,"海琳说,"我们再喝一杯。"

杰克想，如果贝比真杀了基弗斯，那他就足够聪明，知道自己该说什么吧？但是，贝比究竟为什么——

他们又喝了两大杯冷饮，谈到谋杀、基弗斯先生、费城、电台和鸡尾酒配方。这时，杰克灵光一现。

"我说，昨天下午你去哪了？"他问贝比，"奥斯卡安排了一场特别的试听，他想如果有人退出的话，就可以找你来。"

"昨天？"贝比想了一分钟，"一点十五，我参加了一场商业活动，下午又参加了一场秀。"

"是不是'落基山骑士'？"杰克随意问道。

贝比摇了摇头，"不是，但今天的脚本里有我。"他看了看手表，"很快就得走了。奇怪的是我的房东太太昨天竟然没有告诉你去哪里找我，我在两场广播之间还有两个小时的空档。"

"她大概忘了，"杰克说，"但我应该能在演播室周围撞见你啊，我整个下午都在那里。"

"我回来就去了播音员的房间，在那里小睡了一觉。"贝比说。

他拒绝再喝一杯，解释说还要参加一场表演，但其他人认为还有时间再喝一杯。这事决定下来，内尔和海琳就去了洗手间。她们刚刚走到听不到他们说话的地方，贝比就转头看着杰克，他那张年轻的脸突然阴沉了下来。

"我说，内尔遇到什么麻烦了吗？"

杰克摇摇头。"据我所知，没什么，怎么了？"

"我不知道。她看起来很疲倦，还有点虚弱。我想，她的生活一直不太容易。"他皱了皱眉，"我知道，对她来说，我并不十分重要。但是，只要她需要我，我就陪着她。"

"为什么？"杰克问道，"如果你对她来说不重要的话……"

"说来好笑，"贝比说，"有一天内尔会非常需要我的，就是这样的。我知道托茨对她意味着什么，他太重要了，他是根基，如果你明白我的意思的话。"

杰克点点头说："当然。"

"托茨不会永远活下去，他在变老。一旦坏事，将对内尔造成沉重的打击。我希望那一天到来时我能在她身边抓住她。哦，我的意思并不是娶她。对内尔来说，我只是另一个男人而已。但是一旦有什么事发生，如果有一个像我这样的人正好在她身边，你明白我的意思的话　"

"当然。"杰克又说了一遍，他希望他现在多喝了一杯或少喝了一杯酒。

"还有一件事，"贝比说，"这个叫马奇的男人。我不想在内尔面前这么说，但我全都知道——你明白我的意思——"

杰克点点头，心想，电台播音员的日常谈话应该总是跟为他们写的台词那么顺畅才好。

"马奇告诉我的,"贝比接着说,"我对他的了解比跟内尔说的多。有一天晚上,他喝醉了,就开始吹牛讲她的事。我骂了他'狗娘养的',如果他敢再胡说她的事,我就拧断他的脖子。我只是不想让内尔知道我知道他们的事,因为她会难受的。"他长吸了一口气,"就像这样,我不在乎她过去做过什么,或者她将来会做什么。在过去和将来之间这段短短的时间里,她就是我的生命。说起来像是什么蹩脚的台词,但我的确是那样想的。她是我的生命。"

就在这时,内尔和海琳回来了。

贝比发现应该去排练了,跟大家道了别,跟内尔约好晚些时候再见,就一个人走了。

"这个小伙子,"从小厨房里旁听到全部谈话的马隆说,"不仅会为你脱下衬衫,内尔,他还会为你扔掉领带和马甲。"

杰克记起他好久就想问内尔的一件事,杜松子酒真不错,竟让他想起来了。

他很认真地看着她。"内尔,为什么?我的意思是,你觉得贝比有什么好的?保罗·马奇有什么好的?"

她的眼睛好像突然变得很大,好像看到了什么其他人看不到的东西。"是爱。不要笑话我。我一直在寻找爱,以为爱来了,但结果却不是。人们——就像保罗那样——他们会出现在那里，我想，这次就是了，这次就是爱，但结果却发现不是真爱。我知道会遇到爱的，因为其他人都遇到了，但我从没遇到过。我希望把某人看作我的全部生命，这样，其他的一切对我来说就全都不重要了，但没有这样的人。其他人会陷入爱河，会永远永远爱下去，但我不会，我知道那只是假装的。或者，也许，只有我知道什么是真的，而其他人都在装。我不知道。也许你们不能理解，但那就像是我一直追寻的一种理想，即便我知道它并不存在而我也永远找不到它。我唱爱的歌曲时，并不是唱给某个真实的人听，并不是唱给我今天或这周或今年爱着的某个人，而是唱给我理想中的人儿，即便我知道他并不存在。"

"哦，好家伙，"杰克说，"哦，好家伙！怎么能把这段写进台词里！"

她那梦幻的神情转瞬即逝。"哦，杰克，"她喊道，"我希望刚才我说着的时候，你就记下来了！"

他向后倚靠到椅背上，用欣赏的眼光凝视着她。"你遇不到，是有原因的。对其他人来说，对普通人来说，你的歌唱和表演是虚构的，而生活中其他的东西是真的。但是对你来说，这个世界是虚构的。"杰克叹口气说，"这几个月我一直努力去理解你，现在我理解了。那是因为，你是一位艺术家。马隆的杜松子酒让我开窍了，但现在我理解你了。"

马隆很严肃地说："让咱们这些艺术家再一起喝一杯吧。"

内尔拒绝了,解释说她必须得走了,因为托茨还等着她回家呢。她跟他们一一吻别,在两天时间内第三次祝福杰克和海琳新婚快乐,然后离开了。

"这倒提醒了我,"海琳严肃地说,"你们俩好像忘了,但是——"

杰克一跃而起。"我没忘!这次我们真得去王冠角了,没有什么能阻拦我们了。"

就在这时,他们接到了埃西·圣·约翰的电话。

埃西·圣·约翰

"哦,谢天谢地,杰克,"埃西·圣·约翰在电话那头说,"我到处找你,最后终于想到往内尔家打电话,管家建议我试试这个号码,还好找到你了。能找到你真是太高兴了。"

"你高兴我就高兴,"杰克说,"你有什么事吗?"

"我不能在电话里跟你讲,杰克,我得见见你。"

他咕哝了一声:"听着,埃西,两天了,我一直想要……"

"杰克,这件事非常重要,我必须要见你。我发现了一些事,必须得让你知道。很重要,我告诉你。哦,杰克,不会超过五分钟的。"

"嗯,我去哪儿见你?"

"找个地方。我现在在你的酒店大厅,但我不想在这里等你,我很害怕有人看到我。"

"哦,天哪,"他说,"到底是什么事?"

"杰克,我不能在这里说。"

"好吧——"他想了一下,"埃西,我的房间号是1217。你上去,到走廊等我,我两分钟就过来,我们可以在我的房间里谈。不论遇到什么麻烦事,振作一下。"

他挂了电话,小声咒骂了两句。只有上天知道埃西·圣·约翰遇到了什么事。不论是什么事,他大概不会喜欢的。他回到海琳的公寓,解释了一下发生的事。

"非常重要的事,"马隆重复道,"可能她想告诉你她谋杀了保罗·马奇,把尸体放到了汽车后备厢里,然后又谋杀了基弗斯先生,以免技术生疏了。"

"很可能她想跟我说她不能再跟圣·约翰一起生活下去了,"杰克郁闷地说,"嗯,我会弄明白的。"

"真不错,"海琳气呼呼地说,"你为了去见另一个女人而推迟跟我结婚。你要做什么,马隆?"

小个子律师叹了口气,伸展了一下身体。"再去见见凡·弗拉纳根,确保我们还安全。也许我会跟他吃晚饭,晚点再见你们。"

"他一定以为他突然变得受人欢迎了,"杰克说,"我不希望他开始琢磨这是怎么回事。"

马隆说:"我希望他不要卖给我一个水貂农场。"他拿起帽子,"海琳,送我们一程吧。"

海琳驾车,把杰克送到酒店,跟他约好晚点见面,然后又把马隆送到凡·弗拉纳根的办公室。杰克看了看手表,下定决心,一定要用很短的时间解决埃西·圣·约翰的麻烦,不论是什么事。他穿过门厅时,记起她在电话里的声音有些颤抖,于是停下来,到便利店买了两品脱黑麦威士忌;他想,一品脱给埃西,一品脱用来应急。

他发现她正在他房门前的走廊上来回踱步,她那张友善而相貌平平的脸看上去苍白而紧张。他一言不发,把门打开,推她进门,让她坐到一把椅子上,打开一瓶酒,倒满一杯,送到她手里。

"谢谢,杰克,"她解开皮毛大衣,任其垂落到地板上,踢掉一只鞋子。"哦,杰克,他太可怕了。"

"先把酒喝了。"

她一饮而尽,接过他递给她的烟。

"杰克,我全搞清楚了,他拿着那些信。你知道我在说什么吧?"

"如果你继续说下去,我可能就明白了。"

他想知道她是否知道保罗·马奇已经死了。

"他不知道怎么让保罗把信给了他，我不知道他怎么做到的，但是，不管怎么说，信在他手上。杰克，他——"

"他太可怕了，"杰克说着又给她倒满了酒，"你是怎么发现那些信的？"

"他那时在洗澡，"埃西说，"我的意思是，我知道他在谋划些什么，他去洗澡了，我就翻了他所有的衣服口袋，然后找到了那些信。它们放在一件大衣的内袋里。我看了那些信，立刻明白了他在拿那些干什么勾当。"

"哦，天哪，"杰克哀叹道，"如果你突然想到把信偷走烧了该多好！"

"我不敢啊，杰克。你不知道他发现了会干出什么事来。我不敢。但我要把信拿到手。我还没跟你说完呢。"她把酒喝完，把杯子放到地板上。"是的，我要为你搞到那些信，杰克。我不能让他得逞，这不公平，就是这样，这不公平。"

"非常好，近乎高贵，"杰克说，"但是你打算怎么做呢？"

"他以为我今天晚上不在家，杰克。他以为我去了凯尼尔沃思，和简在一起——你知道，就是我妹妹。你知道，简很能干。如果我应该待在那里，他就应该打电话过去，女佣就会说我跟简去看电影了，等我回来她会告诉我。然后，简会往我的所在地打电话，然后，我给约翰打电话。杰克，这也是很特别的一个人。我的意思是，跟那些事无关。

这是爱，杰克。"

"你看，"他看着手表说，"这事很有意思，但我没有时间听你讲个人生活了。"

"当然，但是杰克，你不觉得在约翰——嗯，就像他这样的时候——我很适合做些这样的事吗？这好像能让我更快乐一点，如果你明白我的意思的话。如果他——约翰，我的意思是，如果他在那方面对我感兴趣的话，就会不一样了。"

"我想不出怎么会有人在那方面对你不感兴趣。"杰克大胆地说。

她的脸红得很难看。"不是我，是女人，"她说，"我是说，他不仅对我失去兴趣了，而是——嗯，对谁都没兴趣。"她勉强把话说完。

"说明拇趾囊肿不会提高性欲。"杰克说。他拿起她的酒杯放到梳妆台上，"但是，那些信怎么办？"

"我刚说到那里，"她说，"他以为我今晚和简在一起。"

"但你其实不在那里。"他说。

她又脸红了。杰克注意到她的鼻子有点发亮。

"嗯，没关系，"杰克说，"接着说。"

"我想好怎样帮你拿到信了。今晚女佣会外出，就他一个人在家。在我出门之前，我们一起喝了一杯，我给他下药了。"

"我的老天啊！埃西！"

"我从一位药师朋友那里搞到了一点东西,不会对他造成什么伤害,但会让他昏睡过去。我确定他睡着之后,就回家从他口袋里拿信。他不会知道是谁干的,他会以为我一直在简家里,简会发誓说我在她家。"

"埃西,你就是个女超人,你究竟是怎么想出来的?"

"我一向很擅长用头脑处理事情。"她不开心地说。

"我知道。"他把一只手放到她肩上。

"杰克,我拿到信后,应该怎么处理?我可不敢带着信到处跑。"

"把信包好,放到楼下前台就行。我应该跟你碰头,但我——有约在先了。埃西,你确定这事不会给你惹来麻烦吧?"

"我很确定,杰克。即使会惹火上身,我也要冒险一试,但是——"她看了看手表,"再过几小时,他就会睡死过去,我会去那里,把一切办妥,然后回来把信留在你这里。"

"埃西,"他告诉她,"这对内尔来说太他妈的重要了。你不知道有多么重要。你真有本事。"

"我喜欢内尔,"她简单地说,"我喜欢内尔,我也喜欢你,不用谢我,杰克,你揍了约翰一拳,我还欠着你的呢。"

杰克大笑起来。"没有人需要为此感谢我。"

在这种情况下,这么做有点卑鄙,但他还是想知道能不能从埃西那里打听到什么。他又为她倒满一杯酒,同时给自己倒了一杯,懒洋洋地坐到她身边来。

"埃西,亲爱的,保罗·马奇怎么样了?"

她眨了眨眼:"你什么意思?你的意思是——保罗和我?"

"嗯——是的,你和保罗,嗯?"

"我……不知道,我知道内尔……但你也知道啊,是吧?我知道他那样对内尔就是个渣男,但他确实是个很有意思的人,我的确跟他约会过几回,他确实很讨人喜欢。"她看着地毯,小心地挑选着合适的措词。

"他的确是这样,"杰克很随意地说,"最近见过他吗?"

她摇摇头。"好几个星期了。很久之前,他来找我吃过午餐,跟我借了些钱。我想,他过得很拮据。后来就没有再见过他了。"

杰克慢慢地点了点头,若有所思。"这倒也无妨,但我不会给保罗很多钱的,他差不多跟你家老头儿是一类人。"

"我不这么觉得,杰克。不,不,一点都不对。保罗知道他总是能交到朋友,他总是觉得一切唾手可得。他就是被宠坏了,仅此而已。他一心想到电台工作,然后就找到了那样的工作,有一阵子还干得不错,后来他就想'管他呢,有什么用呢',然后就自我膨胀了。约翰不是这样,不,他知道人们不喜欢他,这一点对他的伤害比拇趾囊肿更严重。"

"我没有想到是这样,"杰克说,"我本以为他谁都不在乎。"

她皱了皱眉。"他不开心,杰克。一堆小毛病,就像他的脚,然后,他的胃也难受起来。没什么严重的,就是小毛病,然后他又长了痱子。而且,他知道人们不喜欢他,他就左想右想的,最后变得很刻薄。"

"我明白了。"杰克心虚地说,他现在很确定埃西·圣·约翰并不知道保罗已经死了。

"我觉得,他想取得很大的成功,这样一来,那些不喜欢他的人就会后悔。"埃西说。

他把一只胳膊滑到她的双肩上。"埃西,你为什么要嫁给他?"

"我不知道。我想那是因为在那之前从来没有人像他那样真心追求过我。我长得不好看,你知道的,但我有钱。这就是他为什么想娶我的原因,但他够聪明,让我意识不到这一点,等我明白就都晚了。"她疲倦地站起来,还晃了几下,把毛皮大衣整理好。"嗯,我要走了,祝我好运。"

"你是一个勇敢的宝贝,我明天早晨会去找内尔的情书的。"

她努力微笑了一下。他在门口很温柔地跟她吻别,他并不特别想那么做,但感觉她可能喜欢。然后,他看她沿着走廊一路走下去,想着,从后面看,她的身材可真棒,圣·约翰不欣赏真是可惜。

见海琳之前还有一点时间可迅速冲个澡。他匆匆忙忙地洗了澡,穿上一身干净的西装,梳理了头发,愉快地吹起口哨。他把那瓶没开瓶的黑麦威士忌装进口袋里,看了看另一瓶里还剩下一点,就把它喝光了。

埃西要把那些信拿回来了,真是个好埃西。马隆想错了。没有人知道谁杀了保罗·马奇和基弗斯先生。高曼先生会在广播当晚高高兴兴地续签合同。一切都很顺利,美好,一切尘埃落定。一切都很完美。而再过几个小时,他就要和海琳结婚了。

真是一个广阔而美好的世界啊!

神秘蓝火

杰克发现海琳在听莫利·科平斯讲述一段新的人生故事。夜晚很温暖，她已经换了一件新裙子，让他有点联想到一朵云，是非常淡的灰色，几乎像一层薄雾。她热情地迎接了他。

"再拖五分钟，我就嫁给马隆了，你喝什么了？"

"黑麦。"

"我喝了杜松子酒。我们最好缓一缓。咱们等马隆的时候，就去伊斯贝尔餐厅吃晚餐吧。"

他在路上跟她讲了埃西已经做了什么以及将要做什么。

"太棒了，"她说，"现在只要没有人发现基弗斯先生是怎样被移到林肯公园的,保罗·马奇的尸体不冒出来,那么一切都很美好。"

"不知道为什么,我感觉保罗·马奇的尸体不会冒出来了,"他告诉她,"我觉得圣·约翰已经把它很仔细地藏好了。"

"圣·约翰?"

"还能有谁?我觉得圣·约翰可不是这么一个家伙:他能从某只小鸟手里买些会招罪的信,然后再给这只鸟儿留下机会等它回来索要更多的银子吗?"

她叹了口气。"如果我们能把这桩罪行扣到他头上,那样不是很好吗?"

"如果我们能把整件事忘掉,那样不是很好吗?"杰克说。他嘲讽地大笑起来,"好笑的是,除了很可能是圣·约翰干的,再也没有人像这个圣·约翰了。对我们来说,最合适的做法莫过于把保罗·马奇谋杀案扣到他的头上。我们感觉他肯定有罪,但是他妈的,我们什么也做不了。"

"我们可以结婚啊,"她说,"尽管一开始好像不可能。杰克,如果圣·约翰谋杀了保罗·马奇,那么是谁杀了基弗斯先生呢?当然不会是圣·约翰。"

"这是两件完全不同的事件中完全不同的部分。"

"你醉了,杰克,是谁谋杀了基弗斯先生?"

"我不确定,但我觉得应该是帮派战争所为。"

"你疯了吧,是谁谋杀了基弗斯先生?"

"如果你想知道的话,"他说,"是我干的。现在,把嘴闭上,先吃晚饭。"

他们吃晚饭的时候争论着比较了一下住在伊利街和杰克的酒店的优缺点。最后,他们离开餐厅,慢慢朝湖的方向开车。宁静而安详的夜幕笼罩着芝加哥接近北边的地方。密歇根大街有人来来回回地散着步;苏必利尔街上有人坐在门前的台阶上抽烟闲聊。五六个孩子在街灯下跳房子,以前这个时间他们本该上床了。寂静的湖面上,几只小船上闪着摇曳的灯光。世界如此平静,如此让人心满意足。

杰克愉快地叹一口气,往海琳身边靠了靠。"世界就是如此美好吗,还是我喝的黑麦起了作用?"

她温柔地说:"我分不清什么是真的,什么是梦境。杰克,什么时候是真的呢?是喝醉的时候还是清醒的时候呢?是睡着的时候还是醒来的时候呢?"

"宁静是真的,"他告诉她,"只有这一点。世界从未像今晚这般宁静。"

他们静静地开到橡树街沙滩,绕过街区,又沿着大道往回开。

"再过一个小时就该见马隆了,"杰克说,"他说他能在午夜之前的任何时间赶到王冠角让我们结婚。"

"到了那里我才能相信这一点。"她担忧地说。

"海琳,你确定你想这样吗?跟我结婚肯定需要很大的勇气。"

"不需要什么勇气,"她说,"但好像的确需要时间,我想知道马隆那边现在是什么情况。"

"他很可能已经发现一些凡·弗拉纳根根本不会意识到他知道的事。"

他们看着海军码头上的灯光交织成一片金色蕾丝,如轻纱一般笼罩在水面上,最后他们离开大道,开到一条昏暗的大街上,那里有一排排小厂房和仓库。

"那是托茨的仓库。"杰克说,指向一栋灰暗的三层小楼。

"是他给马儿存放草料的地方吗?"她一边好奇地往外看着一边问道。

"不,那里真的是他的仓库,存着破产后留下的所有东西,他不知为什么就是不肯弃掉。"

她继续开到街尽头,调个头慢慢往回开。

"怎么没把它做别的用途?"

"我不知道。有人在那里做实验,研制一种存放水果的新型冰箱,建了一个冷得要死的小间,后来破产不干了,我们有一回在那里开过派对。"

"那种需要冷冻的派对吗?"她问。

"什么都有。"他补充了一点细节。

她突然减速,又突然停车了。

"杰克,如果我没弄错的话,那边发生了一些需要冷冻解决的事。"

"你在说什么?"

"看!"

他向仓库的方向看过去,然后跳下车,跑过人行道,透过窗户往里看。她跟在他身后。

"怎么了,杰克?"

"看起来像一团火。不太像,但的确是火。我们最好进去探查一下。"

"我们最好报火警吧。"

"我想先看一下。"

他晃了晃门,最后从排水沟里捡起一块石头砸碎窗玻璃,把胳膊伸进去,从里面打开了门闩。门开了,门板摆到一边。黑暗中,他们能看到建筑物最后面有一团模糊的红色东西在跃动。

"海琳,求你在这里等着。"

"不,我要跟你进去。"

没有时间停下来争论了。他冲进黑乎乎的废弃建筑物里,海琳紧跟其后。突然,路上出现一只急速奔跑的老鼠,她尖叫起来。

"你怕老鼠！"他转过头去朝她喊。

"不是老鼠，"她大口喘着气说，"是个怪物，有三英尺长，眼睛像火球——杰克！"

"我看到了。"他说。他们前面跃动的红色东西变高了，变亮了。

"不，看地上！"

借着微弱的光线，他们看到地上的尘土是被动过的，痕迹穿过蜘蛛网，通向一扇白色的大门。杰克奔向那扇门，疯狂地拉拽着，门开了一道缝又重重地关上了。他大口喘着气，使出最后的力气，门突然大开，摔到墙上不动了。

那道模糊的红光夹杂着蓝色的火焰穿过布满灰尘的窗户倾泻进一个白色的房间，阴森而诡异地拖着奇形怪状的各种管子。在一片火光照耀的炫白之中，地板上有件东西好像黑得可怕。

杰克迅速冲过去，弯下身，把它翻过来。他盯着它，忘了身边噼啪燃烧的大火。

"我们找到保罗·马奇了！"

给约翰的礼物

地上躺着保罗·马奇的尸体,周围是噼啪蔓延的火焰。现在应该做的是——杰克事后认同的是——逃离现场,开上海琳的车,能跑多快就跑多快,让大火毁灭未知凶手的罪证。

这是他事后想到的。但是当时,仓库地板上是一个人的尸体,而大火越来越近。他还没意识到自己在干什么,就已经把尸体从地上搬起来了。尸体又冷又硬,跟冰一样。他第一次感觉到冰室里冷得离谱。

"杰克,你在干什么?"

"把这个弄出去。快跑去开车,把车开到巷子里——快,海琳!"

她像一只受惊的兔子一样消失在无边的黑暗之中。他把尸体扛在肩上，因为负重只能蹒跚前行。现在仓库里已经烟雾弥漫了；他咳着喘着，终于到达一扇朝巷子开的窗户。他一到那里就看到海琳那辆加长豪华车转进了巷子，开上坡，停下来。

他把尸体斜靠在墙上，腾出手跟那扇窗子抗争，最后终于把窗子摇晃开了。他先警惕地朝黑暗的巷子里看了一眼，然后举起尸体从窗口扔出去，最后自己再爬出去。

直到那时，他才开始思考自己到底在干什么。

远方传来警笛声，已经有其他人看到仓库大火了。

没有时间想别的，海琳打开车后门；杰克把保罗·马奇的尸体放到车厢地板上，小心地用地垫盖起来。然后他钻进车里，坐到海琳身边，重重地关上门，大车沿着巷子倒退着下坡了。这会儿，刺耳的警笛声已经非常近了。

"我们本应该径直向前开，转到另一条街上去，"海琳沮丧地说，"但是太晚了。"

他们到拐弯处，正好看到那条街被灭火器材挡住了去路。一位消防员烦躁地咒骂他们挡着路。最后，费了好大劲他们才重获自由。一离开拐弯处，海琳就把车紧靠路沿停了下来。

"海琳，看在老天的分上，赶紧离开这儿！"

她关上了发动机。"不，那位消防员已经注意到我们的车了。如果我们开走了,他们可能会产生怀疑;如果我们停在这里假装在看火灾,他们就会忘了这事儿。"

如果那一刻他更清醒一点,他可能会发现她的逻辑有些问题,但当时他什么也想不出来。他跟着她沿路走下去,那里已经聚了一小堆人。这会儿那座老建筑物已经烧得一塌糊涂了,巨大的火舌冲向夜空,大团浓烟遮蔽了邻近的建筑。消防员的身影时不时短暂地出现在屋顶上,又消失在火焰里。

"哦,天哪,"杰克身旁一个年轻人说,"太带劲了!"

水塔位置刚刚好,丝带一般的泡沫朝顶窗喷射过去,大家高兴得无以言表。一位被烟雾包围的消防员顺屋顶云梯爬下来那一刻,人群几乎沸腾了。一个女人开始尖叫,然后被人带走了。报社的摄影车也来了,摄影师的闪光灯啪啪地闪着白光,照亮了燃烧的建筑。一辆巡逻警车发着刺耳的呜呜声转弯过来。

突然,屋顶和一面墙体在巨大的碰撞声中坍塌了,团团灰尘和数不清的小石子飞散到烟雾中。火焰燃烧到每一个窗口,警察开始让现场人群往更远处疏散。

大火毫无预兆地发出一阵震耳欲聋的咆哮和一片又一片炫目的光芒,疯狂地燃烧了一会儿。一瞬间,火焰把街道照得明亮如白昼。就在那时,人群中一个女人突然抓住一个警察尖叫起来。

"就是她！"她尖叫着指向海琳。"一着火我就看到她在这里了，她是个纵火狂，我听一个跟她一起的男人说过——"

是里基茨餐厅的黑发女服务员。

海琳转过身，像一只小鹿一样朝汽车奔去。杰克跟在她身后跑，疯狂地想要叫住她，让她解释一下。但是，他还没有追上她，她就已经跳到前座上，发动了马达。他刚跳进车里，坐到她身旁把门关上，那辆大车就向前弹出去了。他回过头去，能看到那个警察毫无希望地在他们后面狂奔。

"海琳，"他喊道，"海琳，你不能——"

她不理会。汽车沿着黑暗的街道冲下去，向北跑了一个街区，两轮着地急速转了个弯，又跑过一个街区，然后转向密歇根大街。杰克能听到远处巡逻警车的警笛声。

"海琳，停车——我们可以解释——"

她坚决地说："你忘了我们还有一位乘客。"

天已经很晚了，密歇根大街上几乎没有什么人了。他们加速闯了一个红灯，驶向了过桥的入口。突然，他们听到前方传来叮叮当当的铃声。

这只是第一阵警示铃声，桥上的放行杆刚开始动。她又加了加速，径直向大桥冲过去。附近有个人跑到街中央，疯了一样向她挥舞手臂。

呜呜的警笛声更近了。

她最后一次猛地加速冲过了大桥,离最后一道放行杆只有一根头发丝的距离。她加速冲下大桥时,杰克看到放行杆都到位了。

"就跟电影里一样,"她喘着气说,"他们在桥的一边,而我们在另一边。"

"海琳,你不可能就这么——"

"闭嘴,"她说,"我正在思考。"

她转到一条辅路上,又转头开上一条小巷,再一次转向,就进入了被称作"下层"的迷宫般的地下通道。她熟练地驾驶大车开进密歇根大街正下方的隧道里,然后径直开往双层大桥。桥仍然是立着的,她在放行杆处停下来。

"大桥放下来后,他们会从上面过桥往南开,"她说,"而我们会从下面过桥往北开。还不错,是吧?一个小把戏。"

"一个小把戏,"杰克生气地重复道,"然后呢?到时候这座城市每辆巡逻警车的无线电呼叫器里都会有对你和这辆车的描述。"

"我会把车丢到什么地方,"她一边想一边说,"但是他们会找到车和乘客的。"

一艘船鸣着哀怨的汽笛声从桥下经过,顺着芝加哥河往下游驶去。大桥开始放下来了,很慢,很重要,很庄严;最后,它震颤一下妥当就位。

放行杆一抬起,就响起了叮当叮当的铃声。

他们驾车过桥时,能听到头顶呜呜的警笛声。

"你打算做什么?"

"继续在街上开,巡逻警车还没有听说这事呢。"她告诉他。

一开出桥面,她就转进了一条黑乎乎的没有人的小道,往西开了几个街区,又转向北开。路上一辆别的车也看不到,街边排列着没有亮灯的工厂厂房。

"杰克,我必须得喝一杯。"

他在半黑暗中能看到此刻的她有多么苍白。他记起那瓶黑麦,就开了瓶,递到她的嘴边。

"杰克,谁把他弄到那里去的?为什么?我们要怎么处理他?"

"我不知道。他是我们的故事的一部分,我们被他困住了。"

"有谁知道冰冻室的事?"

"我知道,当然还有内尔,还有托茨,还有和秀相关的每一个人。你看,去年,也就是这个时间,我们为演员们办了一场聚会。那时的天气比地狱里还热,有人想,到那个装着冷冻设备的废旧仓库聚会该多好啊。这主意还真行。"

"但是他怎么会在那里?"

"你能一下子想到更好的地方吗?"

她想了一下。"除了公园长椅,没有别的了。"

他又一次把酒瓶递到她嘴边。

"他可真是个天才恶魔。"她最后评论道。

"谁?"杰克有点呆呆地问。

"圣·约翰,当然是他,还能有谁?"

这回轮到他沉默了。

"毫无疑问,圣·约翰枪杀了他,"她过了一会儿说道,"你自己这么说的。而且,那个枪杀他的人一定就是那个移动尸体的人。我脑中的疑问是,为什么他费劲移动尸体?"

"他不想让人发现尸体,"杰克慢慢说,"因为那样的话,他拿着那些信,就会让人自动想到他是杀害马奇的凶手。他希望大家相信马奇已经离开芝加哥了,希望没有人知道谋杀的事。"

"那么,为什么不直接把尸体丢掉,这样它就不会被发现了?"

"试着把尸体丢掉不被人发现?"杰克问道,"这事不像说起来那么简单。此外,他也许还有一个理由,想把尸体放在一个能让他随时拿出来的地方。"

"什么理由,杰克?"

"这样一来,如果他拿来控制内尔的信出了什么问题,他还能利用保罗·马奇谋杀案达到同样的目的。"

她颤抖了一下。

"那里是藏匿尸体的完美地点,"杰克沉思着说,"圣·约翰参加过那场聚会,他自然知道那个地方。破门进入那座建筑物简直易如反掌,而且有什么人无意中走进去发现尸体的可能性微乎其微。如果那个地方不着火的话,我们本来也发现不了的。"

她很慢地说:"这个时间,埃西应该把信拿走了。埃西不在家,她告诉过你,女佣今晚也不在家。圣·约翰服了药,还在昏睡。"

"海琳,你想提议做什么?"

大车又突然加速跳了出去。

"我们要把尸体带到圣·约翰家,把它留给他,"她愉快地说道,"这只是我们给他的小礼物,你我两个人的!"

想去结婚的夜晚之一

"但你不能那么做,"杰克失魂落魄地说,"那是不对的!那是——那是纵火罪。"

"你弄错罪行了,"她告诉他,"纵火罪是他们追我的原因。"

"该死,"他说,"不论如何,那是不合法的。"

"车后面载着一个谋杀案被害人到处乱转也是不合法的。"海琳说。

他无言以对了。

"另外,"她停顿了一下说道,"这样很危险,我是说到处乱转。"

"的确,"杰克表示同意,"但是,假如圣·约翰没有谋杀保罗·马奇。"他认真地想了一会儿之后说道。

"你有一丁点怀疑吗？"海琳问。

"嗯，"杰克若有所思，"嗯，没有。"

她说："你最好喝一杯。"

"这是你想出来的第一个真正的好主意。"杰克说。

"圣·约翰住在哪里？"她驶过几个街区之后问道。

他告诉了她地址，又补充说："但是，假如我们在送给圣·约翰这个冰冻礼物时，正好被人撞见了。一具僵硬的、冰冻的僵尸。"他停顿了一下又小声咕哝道。

"你往林肯公园送死去的基弗斯先生时，并没有想这些。"她烦躁地说。

至此，杰克停止了争辩。

"我希望这东西正好能装进圣·约翰的运货车里，"她认真地说，"我并不反对他四处杀人，但我厌倦了载着死者四处转悠。"

她驾车向北，穿过一片错综复杂的迷宫般的街道，街上黑乎乎的，没有人，又奇迹般地逃开了迷路的命运，最后转到了圣·约翰住的街上。那里安静而祥和。大楼前零零散散地停着六辆车，但是没有灯光，也没有动静。

"到他家了，海琳。"

大车悄无声息地驶入车道，停到后门廊旁边。杰克悄悄地拾级而上，试着开了开门，门没锁。

"把它放在哪里才好？"海琳低语道。

"放到一个能在早晨被女佣发现的地方，最好能让别人而非圣·约翰发现尸体。"

"那样的话，就放厨房吧。"

杰克前前后后看了看街道，一个人也没有。他小心翼翼地、静悄悄地把保罗·马奇的尸体搬上后门台阶，穿过狭窄的门廊，进入厨房。他突然想到一个好主意，把尸体靠厨房门立起来，这样一来，门一开，它就会应声倒地。然后，他无声无息地关上门，踮着脚跑回车上。

"尽可能别出声，把车开走。"

她很慢很慢地倒了车，很小心地把车开回车道，几乎没有发出一点声响。

"海琳，停一下。"

她照办了。他把一只手搭在她的肩膀上，用手指着一扇亮灯的窗户。透过窗子，他们能看到圣·约翰蜷缩在一把舒服的椅子里，面前放着他的收音机。在这寂静的夜晚，他们能听到收音机喇叭里发出的微弱的舞曲声。

"好了——开走吧。"

她驶出车道，开上有了微弱亮光的街道。杰克有点苦涩地笑了笑。

"你有什么好高兴的？"

"我想到了圣·约翰，他正想象着他的口袋里放着内尔的信，而保罗·马奇的尸体藏在一个永远不会被发现的地方，一切都很美好。想象一下，他明天早晨醒来发现信没了，天知道怎么没的、去了哪里，然后女佣进来夸张地说，'不好意西打扰您，圣·约翰先星，但是厨房里有个喜人'。"

"你扮黑人口音扮得太差了，"她点评道，"想象一下，埃西·圣·约翰发现圣·约翰已经被关进监狱了，而她再也不用跟他一起生活下去了；想象一下，内尔发现那些信已经不碍事了。杰克，你是不是感觉自己像个童子军？"

"我感觉像个童子军团。"

"我开始感觉像个难民了，"她忧虑地说，"那些警察都在找我，我们要怎么办？"

他烦躁地咒骂了几句。"我刚把那事给忘了，"他沉默下来，迅速思考着，"第一件事是把车扔掉，你这辆时髦的小童车一英里之外就能被人发现。"

"所以，如果你认为我应该把它沉入湖底，那你就是疯了。"

"不要打断我，我知道一个安全的车库，认识那个管车库的人。"他给了她一个地址，就在林肯公园附近。

"我讨厌这样，"她说，"车没了，我感觉自己像个迷了路的小孩。"

"你可以过一两天再把它开回来。马隆能帮你摆平这件事，就像我以前说过的，我们找律师干吗？"

她开到杰克给的地址，把车停在一条小巷子里，而他进去安排细节。几分钟之后，他回来了，身边多了一位穿着工装的壮汉。壮汉对海琳点点头，坐到驾驶座上。她急忙从车门旁的口袋里抢救出一盒发夹和杰克那瓶没喝完的黑麦威士忌，然后无助地看着工装男把车开进了黑洞洞的车库。

"在那里会很安全的，"他安慰她，"只要警察还在外面找它，他就不会让任何人找到它。"

"你怎么跟他说的？"

"我跟他说，你只是帮忙抢劫了一辆卡车，但警察已经知道这辆车的样子了。"

"你真周到。"

"现在咱们找个便利店给内尔打个电话。"

他们在第一个街角停了下来。他往内尔的公寓打电话，但没有人接。

"比格斯今晚肯定放假了，"他分析道，"但我能找到内尔。"他想了一下，给贝比打了个电话，发现内尔在他那里，就让她接电话。

"我在电话里什么也不能说，"他告诉她，"但是我想让你知道你的麻烦都结束了。"

"杰克，你喝醉了吗？"她在电话里问。

"不要跑题。你的财产，如果你知道什么意思的话，它们不属于那位绅士，已经从他那里安全地拿回来了。"

"哦，亲爱的！"

"不要叫我亲爱的，"他正直地说，"海琳能听见你说话。另外，另一件弄丢的东西又找到了，那个犯罪的人会承担那桩罪行。"

"你说起话来就像个印度哲人斯瓦米。"她抱怨说。

他在电话里高兴地唱了出来。"沿着斯瓦米河溯流而上，"然后又匆忙地说，"不要挂，我只是想提前告诉你一声，你读晨报的时候会大吃一惊的。"

"你现在要干什么？"

"我现在要去结婚，再见！"他挂了电话，又往马隆的酒店打了个电话，有人告诉他，那个小个子律师既不在房间也不在大厅，尽管一位门童记得晚上早些时候看见他坐在大厅里。

他看了看手表，距离他承诺去跟马隆碰头的时间已经过去将近三个小时了。他到卖报纸的柜台那里找到海琳，发现她正在读一则追缉一位金发女子的报道，警方相信那位女子是个纵火狂。根据报纸上的说法，女子的汽车最后一次出现在密歇根大街上，向南去了，相信是开往印第安纳州的哈蒙德。

"又快又好的工作,"他赞赏地说,"报纸和我们自己都是如此,尽管天知道怎么一切都会扯上哈蒙德。"

"天知道怎么一切都会扯上我。"她抱怨道。

他看着她。她那身淡灰色的裙子已经满是尘土和污渍,深灰色的罩衫上还粘着一个蜘蛛网。她的头发已经蓬乱了,但是很好看;她那漂亮的鼻子上还粘着一小块泥巴。

"你的脸弄脏了,你看起来一塌糊涂,但我还是爱你。咱们离开这里,打辆车吧。"

他们在林肯公园附近找到一辆出租车,给了司机伊利街的地址。他们快到大楼时,一辆警车慢慢地从他们旁边驶过。杰克敲了敲玻璃挡板。

"我们在小巷子里下车,她丈夫不知道她出去了。"

司机同情地点点头,转向巷子,让他们在大楼后门附近下了车。

"杰克,你能安全地送我进去吗?"

"我想可以,有无数条进大楼的路径。"

他帮着她越过一道木篱笆,穿过一个窄小的后院,进入一个通向地下室的门口。他们小心地经过一个储煤箱,穿过锅炉房,来到一段窄窄的木梯旁。

"最好先让我进去探探路,这个地方可能全是警察。"

他踮着脚爬到梯顶。走廊里没有人;大楼很安静,一个人也没有。他示意海琳跟上他。莫利的房门上方透出一丝微弱的光,他轻轻地敲了敲门。

"进来。"莫利喊道。

他把海琳带进房间。莫利坐在窗边,跟一位体形丰满的黑发女孩聊天,女孩穿得很少,只有一件色彩鲜艳的和服。

"这是露丝,"莫利介绍道,"她睡不着,就下来跟我聊天。天哪,你们这是怎么了?你知道警察在找你吗?"

"知道!"杰克苦涩地说。

海琳坐进一把椅子里。

杰克讲了讲他在里基茨餐厅说的倒霉话,解释说他们很无辜地跑去看一场好像很不错的大火,然后讲了在接下来的追逃中发生的几件小事。那个丰满的黑发女孩好像觉得这个故事很有趣。

"谢天谢地,没什么更糟糕的事!"莫利带着感情说,"刚才这里全是警察,有人告诉他们她住在这里,他们查看了大楼里每一个人,还记下了所有没人的房间,说他们过会儿会再回来。事实上,"她非常平静地望着窗外说,"他们已经回来了。"

海琳的脸变得煞白,"哦,天哪!都是徒劳的追捕!"

"徒劳！别胡说了！"莫利愤慨地说，然后她非常悠闲地站起来，"露丝，你上楼到215房间去，到这位年轻小姐的床上去，就像你住在那里一样。你们两个——"她看着他们思索了一瞬间，然后打开了一扇通向装亚麻布料的小衣柜的门，"进去，别出声。"

黑发胖女孩跑出门去，沿走廊向下，轻快敏捷得令人称奇。莫利·科平斯把杰克和海琳赶进小衣柜，关上柜门，上了锁，然后拿走了钥匙。

"希望她不会忘了钥匙藏在哪里。"杰克小声说。他拥海琳入怀，紧紧地抱着她，发现她从头到脚都在颤抖，于是轻轻地拍着她安慰她。

他们能听到雷鸣般的敲门声。

"来了。"莫利生气地喊道。

他们听到开了一扇门，听到远处一阵短暂的说话声，说话声慢慢变得含糊不清，然后是很长一段时间的寂静。他们站在令人窒息的黑暗中等待着，抱在一起，大气也不敢出。

接下来，又是一阵说话声，莫利门外的声音慢慢变大，然后再次消退成一片寂静，随后寂静被尖锐的警笛声打破，然后警笛声又被宁静的夜吞没了。莫利开开锁，打开门。他们在原地站了一分钟，眨眨眼睛适应光线。

"都结束了，"莫利告诉他们，"他们想到215看看，因为他们先前过来时房间是空的，但看起来像是女人住的地方。好吧，他们不会再去查看了。"

"为什么不会了？"杰克用一只胳膊搂着海琳问。

胖女人笑出声来。"他们敲门时露丝脱了和服躺在床上，她没应门，我就帮他们开了门。她身子直直地从床上坐了起来，一丝不挂，因为我们吵醒了她，所以咒骂我们，赶我们滚。好家伙，她着实把那些警察好一顿骂！"她又咯咯地笑了起来。"我打赌他们现在还脸红呢。他们还是觉得他们的金发放火狂就住在这座大楼里，但他们不会再到215看了，你在那里会很安全的，布兰德小姐。"

杰克看看海琳，她非常虚弱，有一点站不稳，他像抱一个孩子一样把她抱起来。

"帮我把她弄到床上，莫利，她累极了。"

"怪不得。"莫利同情地说。

杰克抱她上楼，莫利帮她脱下衣服，盖好被子。杰克帮她擦洗了脸上、手上的烟灰，拍了拍她颏下的被子。她躺在那里，就像一个疲惫的孩子。

"可怜的小东西，"莫利说，又补充道，"她这么疲倦真是太糟糕了，杰克。现在可是开派对的好时候呢。"

杰克抬起头看看窗户，只看到一缕微弱的白光照进房间。他俯下身拍拍海琳的脸蛋，她睁了一会儿眼睛，朝他微笑。

"你可能已经忘了,"他对她说,"今晚我们本来要去王冠角结婚的!"

"想去结婚的夜晚之一。"海琳说。杰克还没回答,她就已经睡着了。

第三具尸体

杰克在酒店前台打听约翰·约瑟夫·马隆，服务员告诉他，小个子律师几个小时前已经回来上楼去自己房间了。他看了看手表，搭上电梯，想到现在可不是叫醒任何人的好时候。然而，如果你不能在黎明前把你的律师叫醒来帮你摆脱麻烦，那你还要他何用呢？尤其是像这样一个大麻烦。

马隆的房间门开着。律师坐在窗边一张椅子上熟睡，他的马甲上还有散落的小撮烟灰。杰克过去把他摇晃醒。

"怎么回事？"马隆眨着眼睛说，"你们去哪儿了？我在那里等了大约一个小时，然后开车去了伊利街，没找到你们，我就停下来看了一会儿大火,然后回到了这里。"

"那是我们的大火,"杰克骄傲地说,"你没有多停留一会儿,太糟糕啦!"

他跟马隆讲了警察追捕海琳的事。

"我们真是好运气,"他接着说,"那个该死的女服务员正好看到我和海琳在那里转悠。"

"看在上帝的分上,你们在那里干什么?"

"把保罗·马奇的尸体从屋里搬出来,这样我们就能把他送到圣·约翰家了。"杰克一边说,一边点了一支烟,然后在垃圾桶上把火柴熄灭。

律师跳了起来,这会儿完全醒了。

"杰克·贾斯特斯,你喝醉了。"

"可能吧,"杰克赞同地说,"据说今晚早些时候我也是醉着的,但是我知道我在说什么。"

马隆在房间里来回走了大概一分钟。"我早就知道不能让你们俩单独闲逛,就算一小时也不行。谢天谢地,你们没有想到去把市政厅炸了。你们真的找到保罗·马奇的尸体了吗?怎么找到的?在哪找到的?现在尸体在哪?"

"我们真的找到了,在旧仓库的冰冻室里找到的,现在嘛,他靠在约翰·圣·约翰的厨房门上呢。"

他又补充了昨晚的冒险细节。

马隆凝视着窗外,狠狠地咬着一只雪茄。"如果你们按照原先的打算直接去结婚,事情会简单些。"

"我怎么知道会这样?"杰克无辜地问。

"天知道现在会发生什么事,"马隆坐进一把椅子里郁闷地说。他看看杰克,"你最好先睡会儿觉。"

"见鬼,我什么时候睡都行。我们怎么才能把海琳从这堆麻烦事里解救出来?一开始就是我的错,我比她还要难受。"

"给我两美分,"马隆烦躁地说,"只要有人给我两美分,我就把整件事丢开,让你自己去解救她。"

"你个财迷精,"杰克钦慕地说,"你打算怎么办,马隆?"

律师深深叹了一口气。"哦,见鬼,我会把事情摆平的。但是在这之前,海琳必须小心藏好。芝加哥大街警察局的警官上尉是我的一位朋友,他认识你们俩,也许你还记得。我会告诉他究竟是怎么回事,让整件事落地。现在,你去睡会儿觉吧。"

"明天尸体被发现了会发生些什么事?保罗·马奇的尸体。"

"会诈尸的,"马隆阴暗地说,"希望老天保佑,你的好伙伴埃西已经拿到那些信了。"

"我也希望如此,"杰克说,"我本来应该进去核实一下,但我太害怕把那家伙弄醒了。"他打了个哈欠,伸了伸懒腰,"也许你是对的,也许我最好回家睡上一觉。"

"也许你最好原地不动,"马隆告诉他,"警察知道金发纵火狂的同伴是什么样子的,你在监狱里可睡不了多少觉。"

杰克疲倦地说:"我觉得也是。"他走到窗边,往外看了看。格兰特公园雾蒙蒙地笼罩在湖面飘散的水汽之中,看起来很神秘。他想,就像海琳的裙子,是云的颜色。湖面之上,隐约可见一条玫瑰色的线,再过几分钟,太阳就会从那里升起来。

"今天看起来像是一个结婚的好日子,"他说。他又伸了伸懒腰,躺到床上,"房间里有酒吗?"

马隆从一堆衬衫下面找出一瓶杜松子酒,往一个酒杯里倒了一些。杰克感激地喝了下去。

"天哪,我累了。马隆,圣·约翰牵扯进保罗·马奇谋杀案不会把内尔拖下水,是吧?"

"天晓得!我怎么会知道?"律师低吼着脱下衬衫,"你去睡觉吧,我要洗个澡,吃些早餐,然后出去打探一下。"

"如果圣·约翰真的没有枪杀那家伙,不就倒大霉了吗?"

"不会的。"马隆冷冷地说。

"好吧,我也不可能什么都考虑周全啊。不管怎么说,我不喜欢圣·约翰。如果不是他干的，就让他自己去证明吧。"

"闭上嘴，睡觉去吧！"

律师进了洗手间，"砰"的一声关上门。

淋浴的流水声正好能做杰克思考的背景乐。他的脑海中浮现出一幕幕无序的场景：海琳、广播、埃西·圣·约翰肩上的伤痕、海琳、他们在放行杆降落前最后一秒钟过桥的那刻、下周脚本中的对话、还是海琳。他睡着了。

几个小时之后，他醒了过来，环顾四周，想记起发生了什么事，以及他为什么和衣睡在马隆的床上。他的头部感觉怪怪的，很不正常。他想知道头部是怎么了，想知道他还能不能跟以前一样。

他伸手够到电话，问现在是什么时间。已经十一点半了。他放下电话，不明白自己为什么不直接看手表。

前一天晚上发生的事一件一件回到他的脑海中了。他坐起来，把大长腿伸到地板上，看到地板向一边倾斜过去，轻微旋转、抖动，最后又回到正常的状态。让人有点心神不宁。如果马隆还剩了点杜松子酒，喝上一杯不知会让他感觉更好还是更糟。

十分钟之后，他确定杜松子酒无疑让他感觉好些了。

他再一次拿起电话，打给莫利·科平斯。她汇报说海琳还在熟睡，而且在任何情况下她都不会让任何人打扰她，包括杰克·贾斯特斯。

他自己找到马隆的剃须刀,刮了胡子,洗了澡。他的领带已经不能再用了,就找了马隆最低调的一条领带。正系着领带,律师走进了房间。"一切都摆平了吗?"他问。

"没有,"律师没好气地说,"全都乱套了。也许这能给你一个教训,也许这能教给你不要自己惹事。我很怀疑你得到教训了,但我还是忍不住希望如此。"

"警察已经逮捕圣·约翰了吗?"

"没有,他们不会了。现在不会,将来也不会了。"

杰克转过身。"究竟为什么不会?"

"因为圣·约翰死了,"马隆说。他把一份折叠的报纸扔到梳妆台上。"因为昨晚有人枪杀了圣·约翰。"

"马隆,看在老天的分上!"

"今天早晨圣·约翰家的女佣从后门进去,撞见了保罗·马奇的尸体,吓了个魂飞魄散。起居室里的收音机正播放着某个晨间节目。她飞跑到起居室,却发现坐在收音机前的圣·约翰已经被一颗子弹爆了头。"

"马隆,"杰克绝望地说,"昨晚我们到那里时,他肯定就已经死了。"

他捡起报纸,头版是约翰·圣·约翰带着血迹的照片,非常难看。

电台高管家中

两起谋杀

导演在收音机旁

被人枪杀

杰克迅速浏览了一下报道。警察似乎很困惑保罗·马奇的尸体怎么是这样一种状况。他想知道他们到那里之前尸体融化到什么程度了。警察还确定了谋杀时间在午夜之前,因为他们发现收音机调到了一个12点就停播的频道。他们真聪明,他想。另一条大标题映入眼帘。

警方追捕

金发美女

纵火狂

"马隆,你怎么处理海琳的麻烦事的?"

"还没处理。我没有分身术,圣·约翰谋杀案先冒出来了。我得先帮你们从谋杀罪中脱身,再管纵火指控的事。"

杰克突然记起什么事:"马隆!那些信,内尔的信。埃西有没有在谋杀之前拿到手?"

"在谋杀之前或之后,或者就在谋杀时,"马隆说,"至少警察没在他的口袋里找到那些信——不管怎么说，我还是能打听到的。所以，我去了你的酒店一趟，看她有没有把信留给你，但是她并没有。不过，我听说那个播音员鲍勃·布鲁斯从今天早晨四点钟就一直在找你，你最好马上给他打个电话。"

杰克盯着他。"鲍勃·布鲁斯？他为什么要联系我？"

"很可能想坦白谋杀的事，而且他觉得你有一张很有同情心的脸，"律师生气地说，"你为什么不给他打个电话问明白？"

杰克拿起电话，打给了鲍勃·布鲁斯。

"哦，谢天谢地，"播音员说，他那平滑、训练过度的嗓音此刻沙哑而绝望，"赶紧过来，好吗？我不能在电话里跟你说。但是，这里乱成一团了。"

"等等，鲍勃，我把马隆一起带过去。马隆，那个律师，你认识他。"

"天啊，对，他正是我们需要的人。但是快点吧，好不好？太可怕了！"

自由的埃西

鲍勃·布鲁斯的公寓位于一座大楼顶层,在伊利街北边几个街区处,俯瞰着湖泊。年轻英俊的播音员因为焦虑和缺觉弄得脸色苍白,他把他们领进一间宽敞的起居室,屋里摆放着现代化的家具和画作,但有种奇怪的恐怖氛围。

埃西·圣·约翰坐在窗边一把椅子上,这椅子奇形怪状的,椅架是镀铬的排气管道,椅垫是粉色的皮革。

"真高兴在这里见到你!"杰克愉快地说。

她像是已经把自己的歇斯底里控制了数不清多少个小时,一听到杰克的声音,她就突然疯狂飙泪了。

"埃西，求求你，亲爱的，求求你，埃西。"鲍勃·布鲁斯跪在她身旁请求她。

她以手掩面，从头到脚都在颤抖。杰克看她再过一分钟就要大声尖叫了。

"鲍勃，洗手间在哪里？"

"在里面。"

杰克把一块小毛巾用冰水浸湿，把埃西的头靠在自己的胳膊上，让她仰起脸来，然后用小毛巾轻拍她的脸，直到她安静下来。他能听到马隆在厨房里叮叮当当地忙碌，咖啡应该就要好了。

"哦，杰克，"她虚弱地说，"实在太抱歉了，我就是忍不住，我已经费力忍了那么久，你一来，我就控制不住自己了。"

"不要道歉，"他说，"我常常让人产生这种感觉。"他用小毛巾为她擦了擦脸，点了一支烟，递到她嘴里，"你最好在鼻子上扑点粉。"

她努力挤出一个淡淡的并不由衷的微笑。

"现在做个深呼吸，告诉我发生了什么。"他非常镇定地说。

"鲍勃，你跟他说吧，我做不到，我说不出口。"

鲍勃·布鲁斯那张英俊的脸皱成一团，满面愁容，令人担心。"杰克，很麻烦，是个大麻烦。"

"嗯——昨天晚上埃西告诉了我她要去干什么。你知道我的意思，我们……我……我们在约会。不要管那些了。不论如何，她告诉我了。跟我说了那些信，还有她打算怎么把它们拿到手。这没问题……我的意思是，她告诉我这件事。她知道，她可以信赖我。"

"是的，是的，是的，是的，"杰克说，"但是接着说下去。"

"嗯，我不想让她一个人去，我做不到。所以，我就开车送她去那里。我们绕到了后门。我们从窗户看到圣·约翰在椅子上睡觉。我在车里等着，让埃西从后门进去。"

"杰克，"她哀号一声打断了他，"杰克，当时厨房里什么也没有。什么也没有。我不明白——"

"没事儿，"杰克匆忙说，"接着往下讲。"马隆站在门厅处示意他闭嘴。他几乎是难以察觉地点了点头。"我走进起居室，杰克——"她停了下来。"接着说，埃西。"

"他死了。"她用刺耳的声音低语道。杰克很从容地点了一支烟，在心中默数到五，然后说："你到那里时，他已经死了？"

"是的，是的，他死了。我跑出去到车里告诉鲍勃，然后我想到了那些信。我想会有什么人找到它们，警察或者什么人，所以我就回去了。"他惊讶地盯着她。

"我回去……摸了他的口袋……所有的口袋，杰克。"

"我的老天啊，埃西！"他钦慕地看着她。

"杰克,信不在那里,它们全无踪影,有人把它们拿走了。"

一阵长时间的难受的沉默。

"我想咖啡已经做好了,"最后,马隆开口了。他走进厨房,又端了杯子和咖啡壶出来,把咖啡倒出来,递给每一个人。没有人说话。

"哦,杰克,"埃西放下杯子,狂乱地说,"谁枪杀了他?谁枪杀了保罗·马奇,又是怎么把尸体弄到那里去的?谁把信拿走了,现在信在哪里?我们应该怎么办?哦,杰克,我们应该怎么办?"

杰克掐灭手里的烟。"埃西,我不知道谁枪杀了谁,不知道为什么,也不知道那些信在哪里。就让我跟马隆来为这些事担忧吧。但是,如果你昨晚有勇气再回到那个房间,那么现在你就有勇气做你必须做的事。"他想了一会儿说,"你妹妹是不是足够明智——"

鲍勃·布鲁斯大声说:"你们来这里之前,我刚刚给她打过电话。我只说了一句'你知道埃西在哪里吗'她就明白了我的意思,说埃西整晚都在她家,现在还在睡觉。她说现在还没有人想要到她那里找她,但如果有人那么做的话,她会告诉他们埃西还在睡觉。"

"很好,"杰克说,"显然全家人都能按计划行事。你的车呢,鲍勃?"

"就停在街角处,在皮尔逊街上。"

"很好,你开车把埃西送到她妹妹家,希望路上没人看到她。然后,尽快离开那里,一整天都要让人觉得你根本不知道这回事。埃西,你要跟你妹妹再次确认你的不在场证据是万无一失的。然后,看在上帝分上,你吃上一片镇静药,然后上床睡觉。吃上点能让你睡一整天的药。我想你昨晚没怎么睡。"

她摇了摇头。"我只是坐在窗边,尽力思考,但最后我能想到的只有让鲍勃去找你。"

"好吧,你就睡上一整天。我会让我的一位医生朋友今天傍晚去看看你,他会给你一些能让你继续睡觉的药,而且他会向警察宣称你已经彻底崩溃,不适合接受询问。到他们真的要询问你时,你要么已经准备好足够的勇气承受一切,要么就是凶手已经找到了,没什么大碍了。"

"好的,杰克,"她颤抖着深吸了一口气,"我会按你说的办。"

"乖女孩。"他拍拍她的肩膀。

马隆站在门口,从自己的职业角度说道:"杰克的建议很好,你们一定得照办。但是,私下里说,也是为了心里有数,是你枪杀了他吗?"她抬起头,瞪大眼睛。"不是!"鲍勃·布鲁斯生气地说:"当然不是她干的。"

"不用在意,"马隆说,"我并不关心,我只是好奇而已。但是,一旦整个故事浮出水面,你会看起来相当可疑。"

埃西·圣·约翰缓慢而从容地说:"不,不是我杀的他,但是有那么多次我真希望自己有足够的勇气能那么干。现在,他死了,我自由了。

我简直不敢相信。"

鲍勃·布鲁斯又一次在她身边跪下来,温柔地用一只胳膊抱住她。"慢慢你就会相信了。整件事会看起来像一场已经终结的噩梦。当一切结束,被人遗忘,我们结婚,也许我能让你足够幸福,来补偿这一切。"

"哇哦,哇哦,"杰克说,"真是求婚的好时候!"没有人注意他。最后的最后,埃西·圣·约翰凝视着年轻的播音员说:"但是,鲍勃,你的意思是你真的想要娶我?"

"我当然想,你这个傻瓜,"鲍勃差不多生气了,"我已经爱上你好几周了,好几个月了——管他呢,我一直就爱着你。"

"但是鲍勃,"她又说了一遍,"但是我是这么——平常!"眼泪再一次在她的眼睛里打转。

"别傻了,"他说,这一回他是真的生气了,"你是我见过的最美的女人,你知道这一点。"

杰克看得出他发自内心这么认为。

"非常美,"马隆说,"看在上帝的分上,赶紧离开这里上路吧。"他的声音意外地温柔。

在外面的人行道上,杰克对马隆说:"这倒提醒了我,我自己是要结婚的。你觉得我们可以今天结吗?"

"我很怀疑,"马隆说,"至少,你的准新娘必须藏在那里,直到我把纵火指控从她的脖子上挪开。"他叹了口气,"纵火、偷尸、妨碍司法、伪造证据、拒捕,还有阻碍一位警官——见鬼了,是满满一辆巡逻警车上的警官——执行公务。"

"不止这些,"杰克说,"海琳还闯了个红灯。"

"她现在只要掌掴一位警察,"律师忧郁地说,"就能被定罪。"

"马隆,是谁杀的圣·约翰?"

"我不知道,但我希望不是他妻子干的。看起来好像要开始一段浪漫爱情故事了。"

"她说她没有枪杀他,"杰克说,"你不相信她吗?"

"我从来不相信任何人,"马隆刻薄地说。

"假设埃西说的是真话。"杰克开口说道。

马隆打断了他。"有个奇怪的巧合,至少我希望是巧合:保罗·马奇的死、基弗斯的死和现在约翰·圣·约翰的死,他们死后,最大的受益人不是别人,正是内尔·布朗。"

"马隆,你不能认为她犯了谋杀罪。"

"先不用管我怎么认为的,我只希望警察不要认为她有罪。"

"该死,"杰克气愤地说,"他们不能。"

"你是什么人啊,警察能或不能可不由你!"马隆说,"双手合十,祈求最好的结果吧。而现在,看在老天的分上,咱们吃早餐去吧。"

三次谋杀

他们走到伊利街,发现海琳醒了,马隆到街角熟食店买些早餐吃,而杰克就在这段时间跟她讲了讲发生的一切。等他讲完,已经是下午一点钟了,马隆把早餐放在桌上。

"这位凶手身上的确有一种质朴的简约之美,我已经开始喜欢这一点了。"律师一边往面包上抹黄油一边说道。

"简约!"海琳愤慨地说。

"你听到我的话了,"马隆说,"他没有故弄玄虚,没有偷偷下毒,没有放倒计时炸弹,没有把神秘的信息刻墙上。他希望某人不碍事,就直接走进去,一枪打死他。"

"你这种关于简约的观点很对,"杰克说,"好像我们才是把一切搞复杂的人。"

"在保罗·马奇的案子中,"马隆接着说,"凶手走进他的公寓,很明智地挑选了一个作案时间,那时扩音器里传出来的收音机节目正好能掩盖枪声,而且他干净利落地射中了马奇的额头。然后,当他决定谋杀基弗斯时,他走进贵宾室,又挑选了广播里播放吵嚷的'落基山骑士'的时间,然后精准地从右耳处射杀基弗斯先生。昨天晚上,很明显,他一直等到只剩圣·约翰一个人才平静地走进屋里。"

"昨晚广播里没有什么带枪声和爆炸声的节目,"海琳说,"我已经查看过节目单了。"

"还是一样啊!"马隆告诉她,"我愿意打个小赌,我们的凶手还是选了一个很吵闹的节目,在开枪时,把圣·约翰的扩音器音量开到最大。模式总会重复。"

"但是有一种模式,我希望不要再重复了,"杰克郁闷地说,"那就是我和海琳载着尸体在芝加哥大街上跑。"

"我还能再列举出一种,"海琳说,"那就是我和你试图结婚。"

"别灰心,"马隆说,"我曾经认识一对订婚达 11 年之久的情侣。"

"我从来就不相信长久的订婚,"杰克说,"马隆,昨晚发生了什么?"

"我不知道,"马隆说,"但是如果三起谋杀是一人所为,应该会相对容易解决，"他深深地叹了口气，"这些该死的谋杀真正让我心烦的是它们全都对内尔·布朗有利。那位风流倜傥的保罗·马奇曾经勒索过她，有人枪杀了他；那个叫基弗斯的家伙曾经想要占有她的节目，有人枪杀了他；圣·约翰拿着保罗·马奇的信，而且应该知道保罗·马奇谋杀案，有人枪杀了他。照此推理，"他一边使劲搅着咖啡一边说，"很明显。实际上，我觉得，是太过于明显了。"

"你的意思是，看上去太像她杀了所有这三个人，所以你认为不是她干的？"海琳问道。

马隆又叹了口气："但是唯一能证明她清白的证据是她说她没干。"

"对我来说，这就足够了。"杰克说。

"你不是陪审团，"马隆提醒他，"你不是公众。但是，假如不是内尔，而保护她就是动机的话，那么谁会那么为她着想，能为她连杀三人？"

"天知道有多少人。"杰克说。

"那么贝比呢？"马隆问。

"他不喜欢保罗·马奇，"杰克慢慢地说，"而且他知道内尔跟保罗的恋情。他也许已经知道马奇想要勒索他了。事实上，不管是谁上周偷拿了内尔的脚本，都可能知晓此事。他有作案机会，那天晚上我给他打电话时，他独自一人，而且他的公寓离这里只有几个街区。他可以迅速过来，枪杀马奇，再迅速回去。在基弗斯的案子里——他只有知道圣·约翰想要干的所有勾当,才会有动机谋杀那个人。即便是那样,他会不会只为了不让圣·约翰卖出节目就枪杀基弗斯先生呢?"

"人们因为越来越不起眼的原因被谋杀,"马隆说。

"他那天在演播室,"杰克说,"他说他在播音员的房间打盹,他应该知道正在播放带有枪声的'落基山骑士'。而且昨晚——"他停了下来,"昨晚,当然,动机应该是从圣·约翰那里把内尔的信拿回来,如果他知道圣·约翰拿着信的话。据我所知,他昨晚有大量的机会,"他皱了皱眉,"也许动机有点弱,但在三起案子中,他有百分之百的机会。"

"当然,"海琳指出,"就算三起谋杀都跟内尔·布朗无关,也仍然可能这样发生。"

"有可能性,但是不大可能发生,"马隆说,"根据我的经验,没有可能性的事经常发生,而不大可能的事从不发生。"

杰克没理会。"节目中的任何一个人,"他慢慢地说,"都可能把帮内尔摆脱讨厌的麻烦事作为动机。"

"甚至到谋杀的程度?"海琳质疑道。

"谋杀,甚至更严重的程度,"杰克告诉她,"剧团没有一个人不是他妈的近乎崇拜内尔。首先,人们会忍不住喜欢她,当然,你自己也知道。但是,还有其他的,剧团中没有一个人,没有接受过内尔慷慨的帮助。"

"贝比当然是痴迷她,"他接着说,"奥斯卡——大约一年前他过得很糟，内尔帮助他进行酒精治疗，借给他钱，让他重新站起来；卢·西尔弗——一个女人勒索他，内尔帮他摆脱了这桩令人不悦的麻烦事；鲍勃·布鲁斯实际上在服兴奋剂，而且找不到工作来挽救自己的生活，内尔为他抗争、流血，只差为他去死了，才让他留在她的剧团里。她帮忙收拾了麦克弗斯跟他老婆之间的烂摊子。舒尔茨的孩子住院做大手术，内尔替他交了手术费。我还能举出其他这类事，而且很可能还有许多我不知道的事。内尔就是这样一个人，明白了吗？她去年冬天为保罗·马奇伤透了心，剧团每个人几乎跟她一样难受。为她杀人？见鬼吧，剧团每个人都愿意为了她被人谋杀。"

"精彩的演讲，"马隆说，"你讲得很棒，我也相信。但是，你还是没告诉我谁杀了谁。"他停顿一下，用一块脏兮兮皱巴巴的手帕抹抹脸，"另外，我想知道托茨比我们认为的更蠢笨几分。"

他们盯着他，足足有一分钟。

"哦，马隆，"海琳说，"你不会觉得托茨是个杀人狂吧。"

"你要明白，"马隆皱着眉说，"你以为杀人狂是个头发蓬乱、眼睛冒火、嘴里吐沫、手中挥斧的野人？但这根本就不是正确的画面。一个疯狂的人可以狡猾到极致，能愚弄许多人。"

"但他为什么专挑那些受害者呢？"杰克问道。

"以他的神志状况，他可能挑选任何人，"马隆说，"被迫害的幻觉可以引发一连串谋杀,尤其是,如果他觉得这些特别的人在迫害内尔的话。"

"但这也是此事不可能发生的原因,"杰克说,"他对他们一无所知,他不了解保罗·马奇,也不认识基弗斯——见鬼吧,把基弗斯和马戏团里的马放在一起,他都分不出来。他对一切的一切一无所知。"他激动地皱起眉,"他妈的,马隆,我们之所以焦虑,一半原因就在于要阻止托茨知道这些事。"

"还有另一个不可能的原因,"海琳若有所思地说,"托茨不可能在那里。"

"海琳说得对,"杰克说,"内尔不在他身边的时候,托茨所有的马也不能把他拉到房间外面。这三起谋杀案发生时,内尔都不在托茨身边。"

马隆耸了耸肩。"嗯,不论如何,还有一长串问题需要回答。"他扳着指头开始数,"第一,移动保罗·马奇的尸体的动机是什么?第二,马奇口袋里的钱是哪里来的?第三,谁偷了内尔·布朗那本带着勒索字条印迹的脚本?第四,昨天还装在圣·约翰口袋里的信现在去了哪儿?第五,谁放火烧了旧仓库?"

杰克眨眨眼。

"毕竟,"马隆补充说,"那个仓库好像的确挑了个特别的时间被烧毁了,而且是自燃。"

一阵漫长而难受的停顿。

"而且,想想吧,"最后杰克说,"所有这一切始于一场小小的微不足道的没人关心的谋杀,我本以为永远不会有人知道这事。我个人认为,"他抱怨道,"我认为这是一场阴谋,只是为了阻止我和海琳结婚。有人干这整件事,只是为了让我的生活难过。"

"很可能凡·弗拉纳根现在也有同样的想法,"马隆说,"他认为凶手试图隐藏罪证是针对他的。"

"会不会有用呢?"杰克慢慢地说,"我去找找凡·弗拉纳根,跟他说说在这场破烂事中我都做了些什么?当然,不提信的事。但是如果他知道了秘密试听,知道了基弗斯是在哪被杀的,还有马奇是在哪里在什么时候被杀的——"

"如果你早点想到,也许会有些用,"马隆说,"但是凡·弗拉纳根现在太为此痛心了。他现在就想找个借口把人投进监狱,而你打算给他许多逮捕你的理由。不到时候,你最好不要把你的脖子伸出去,否则,凡·弗拉纳根会给你的脖子缚上绳索。"

杰克说:"绳索没有好的。"他抱歉地红了脸。

"我来告诉你你能做什么,"马隆对他说,"我打算顺道去下凡·弗拉纳根的办公室,你可以一起来。你有个借口就是你的客户跟圣·约翰有商业往来,所以你想弄清楚发生了什么事。但是,把你的嘴闭紧,我来跟他谈。"

杰克点点头。

"然后,"马隆接着说,"我们俩最好去找内尔谈谈。"他看了看手表,"天快黑了,我们最好行动起来。"

"那我呢?"海琳哀怨地说,"我要永远藏在这里吗?"

"你不想四处乱逛惹更多麻烦的话,我会感觉安全得多,"马隆严肃地说,"但我会尽快尽我所能。"

"与此同时,你就待在这里。"杰克告诉她。

"好吧,我会的,"她说得太温顺了,以至于杰克在去市中心的路上担心了一路。

他们找到凡·弗拉纳根时,他的心情不太好。杰克和马隆走进房间时,他正站在窗边,忧郁地看着楼下街道上往来的车辆,用口哨吹着《最后的围捕》。

"你还记得杰克·贾斯特斯,"马隆说,"他从前跟检察官工作过。"

凡·弗拉纳根点了点头,没有一点热情。

"他这个人很爱水貂。"马隆补充说。

警官的眼睛发亮了。"你养水貂?"他感兴趣地问。

"只是当作宠物。"杰克说。

"你手上好像有个棘手的案子啊。"马隆急忙说道。

有好几分钟,凡·弗拉纳根都在大声咒骂谋杀案。

"当然是那样,"警官一停下喘口气,马隆就对他的话表示赞同,"杰克对此很感兴趣,因为他的客户——他现在是一位媒体代理人了——跟圣·约翰有往来。"

凡·弗拉纳根转向杰克:"你的客户是谁?"

"内尔·布朗。"

"不会吧!"大个子男人开心多了,"你觉得你能帮我拿到签名吗?"

"当然,"杰克说,"没问题。是谁杀了约翰·圣·约翰?你现在知道了吗?"

"嗯,可能是他的妻子,"凡·弗拉纳根说,"据我所知,他对她不太好。只是看起来不像她干的。她的不在场证据看起来非常充分,不管怎么说,她都没有什么理由枪杀另一个人。"

"另一个?"马隆问。

凡·弗拉纳根点点头。"这位圣·约翰和厨房里那个家伙是用同一把枪打死的。对天发誓,不管怎么样,我们还算知道点真相。我们还知道些别的。那个叫保罗·马奇的家伙不是在圣·约翰家的厨房被打死的,他是在别处被枪杀然后又移到那里去的,就像另一个宝贝,基弗斯,被移到林肯公园那样。看起来就像是同一回事,但是基弗斯谋杀案好像跟另两起案件没什么关系,因为基弗斯是被一把不同的枪打死的。但是这个保罗·马奇,我不知道他是在哪里被枪杀的,天知道他是什么时候死的,因为尸体的状态很有意思。但是,不论他是在哪里被枪杀的,他被人移到了我们发现他的地方。"

"真是奇怪。"杰克淡淡地说。这是当时他能想到的最好的回应。

"另外,"凡·弗拉纳根说,"现在这两起谋杀看起来好像都跟基弗斯那个家伙有关系。因为,我们发现,基弗斯这家伙曾经寄了一笔钱给保罗·马奇,就在他来芝加哥之前几天。"他很不稳当地向后靠到椅子上,双手交叉放在肚子上。

马隆抽着最后一小截雪茄,仔细思索一番后说:"你觉得他为什么那么做?"

"我怎么知道,"警官说,"我又不是水晶球占卜师。我所知道的就是基弗斯这个家伙给保罗·马奇那个家伙寄了一张500美元的支票,还夹带一张收据,上面写着'感谢你提供的服务'。我就知道这些,我还知道死了三个人,报社一直烦我。我不喜欢这样。"

"这不能怪你。"马隆宽慰他说。

"有人移动了那两具尸体,"凡·弗拉纳根说。他的眼睛里闪过一道怒火,就像是他把这件事当成了对他个人的严重侮辱。"有人干了那事,而我,我不能为此受罪。我不知道是谁干的,但是我一定要把他找出来。好家伙,"他摩拳擦掌,高兴地说,"好家伙,等我真的找到,不管是谁——"

贝比的秘密

"嗯，我们没能从凡·弗拉纳根那里打听到多少事，"马隆在去往内尔家的路上说，"但我们知道了基弗斯先生给保罗·马奇寄过500美元，还有，如果凡·弗拉纳根抓到你，你就自求多福吧。"

"该死，"杰克愤怒地说，"我又不是第一个移动保罗·马奇的遗体的人，有个别的什么人开始的这场鬼把戏。马隆，基弗斯为什么要给马奇寄钱？"

"你跟我一样擅长猜测，"马隆含糊地说，"我能一下子想出几十种理由，但没有一条理由真的有那么点道理。"

"马隆，你必须做点什么！"

"我必须做点什么?"小个子律师说。

"什么?"

"我要搬到澳大利亚去,"马隆没好气地说,"到那里养水貂。"

他们在那间镶着嵌板的大起居室里找到了内尔,她正在眉飞色舞地跟一位高个苗条女孩说话。女孩留着黑色的波波头,眼镜上系着宽丝带,一本正经地穿着量身定制的灰套装。

"你们好,"内尔高兴地说,"真高兴你们终于来了。"她并没有费力气介绍黑发女孩。"我正在跟这位来自《时报》的年轻女士讲故事呢。"

"你在干什么?"杰克失神地问道。

"很有意思的是,她真的是发现保罗·马奇尸体的人,"年轻女人说。她说起话来声音又尖又细,非常做作。杰克一听到那声音就讨厌她了。

"我的天哪,内尔!"

内尔用那双明亮的大眼睛受伤一般看着他。"哦,杰克!我做错了吗?"

杰克低声吼道:"该死,内尔,你知道我从来不想让你跟记者说话。你知道我自己处理所有这类事,而现在——"想到她做的事,他心中的恐惧陡然增加了。"我不惜弄断自己的脖子,冒着进监狱的危险,还有天晓得我做了什么,只是为了让你不要上报纸。我做了这么多之后,你却干了这么一件逞能的蠢事,把一切都毁了——"他停了下来,想知道内尔到底为什么大笑。

"这能教训你,给我贴纵火狂的标签。"年轻女人用海琳的声音说。

杰克看着她,看着她那黑色的波波头假发,那眼镜,那身定制套装。他这一辈子大概第一次如此无语。

"嗯,不管怎么样,"海琳说,"你不要期待我坐下时把手叠放在一起。"

"天哪,你从哪里弄来的假发?"杰克说。他的嗓音还没有完全恢复过来。

"莫利从一位在滑稽歌舞剧团工作的女孩那里借来的。隔壁的好小伙子帮我到折扣店买的眼镜。这身套装是楼上一位模特的。谁会因为圣·约翰谋杀案被逮捕?"

内尔抬起头,她的脸色突然阴沉下来。"是的,杰克,快赶在托茨刮好胡子回到这里之前把一切都说出来。"

杰克告诉她们,他们从凡·弗拉纳根那里没得到什么信息。

"内尔,你昨晚在哪?"马隆问道。

"但是我没有杀他——"

"我没说你杀他了,我想知道你有什么样的不在场证据。"

"我去见贝比了。比格斯开车送我到那里,然后到哪里休息一下,然后再回来接我。我到家的时候刚过了午夜一点点。"

"真是不错的不在场证据，"杰克没好气地说，"写在纸上也好看。"

"好吧，"她烦躁地说，"我头疼睡不着，所以比格斯带我出去兜了个风，然后又把我带回了家。"

"这种比较弱，但听起来好一些。"

"杰克，警察没有怀疑我，是吧？"

"我觉得没有，"他告诉她，"但你肯定得接受询问。你把这些输入大脑，好好记住：第一，你跟圣·约翰只有商业往来；第二，你不知道谁可能想谋杀他；第三，你昨晚和比格斯一起兜风去了。"

"但是，杰克，我的那些信，它们去哪儿了？"

"我希望上帝能让我知道。"杰克发自内心地说。

"找出凶手，你就能找到那些信，"海琳说，"它们昨天下午还在圣·约翰的口袋里。"

"哦，杰克，"内尔绝望地说，"一定不能让托茨知道，还有贝比，如果他们俩有一人发现，我就死定了。"

"如果高曼或者你的听众发现，我们就都死定了。"杰克闷闷不乐地说着点了一支烟。

他们听到公寓某处传来关门的声音。

"托茨来了！"内尔低语道。

英俊的白发男人走了进来，跟他们打招呼。他有些不确定地看着海琳。

"你认识我,"海琳说,"是我。"

他盯着她,"但是你处理了一下你的头发。"

"这是假发。"海琳说。

马隆说,"她做了伪装。"

托茨微笑着点点头,好像这句话就能解释一切。"哦,我看出来了,非常好的伪装。"

"必须要好,"海琳说,"我正被人跟踪。昨晚我和杰克到处被人跟踪,我以为我们再也跑不掉了,所以今天我就伪装了自己。"

托茨疑惑地看看周围,最后跟杰克对视了,他悄悄地望着海琳敲了敲前额,杰克慢慢地点了点头,幅度小得几乎察觉不到。托茨的嘴巴张大成了一个圆。

"这些案子有的非常悲惨,"他温柔地朝马隆咕哝道。

"悲惨,"马隆激动地说,"用在这里可不够强烈。"

托茨瞥了一眼身边桌上的报纸。"我想你们都读过这些谋杀案了。"他说。

杰克清了清喉咙。"是的,你进来的时候,我们正谈着呢。"

"太可怕了,"托茨一丝不苟地说,"我想你们都认识圣·约翰,我不能说我喜欢这个人,但是那样死去太可怕了。我觉得另一个名字——

马奇——听起来有点熟,但我记不太起来了。"

"他既是演员又是导演,"杰克心虚地说,"我个人跟他也不太熟。"

"我也不熟。"内尔好歹说出口。

"我好像见过他,"托茨沉思着说,"我知道,我见过。"他的眉毛蹙到一起,沉默了一会儿。"哦,是的,我现在想起来了,是在一场派对上,大概是一年以前,你还记得吗,内尔?他好像非常迷人,发生这种事太悲惨了。"

马隆一直在窗边棋盘那里研究棋局,他赶紧在他们谈马奇时问托茨关于棋局的想法。托茨坐到棋盘旁的椅子里。那是一个难解又复杂的棋局,两个男人讨论了很久。

"真高兴你们能过来,"亨利·吉布森·吉福德高兴地说,"我很孤单。"他叹口气。"今天是出门的好日子,真希望我敢出去散步,但内尔不想陪我去。"

"你知道,"马隆研究着一枚棋子,若有所思地说,"我在想那些跟踪你的人,我觉得应该对他们做点什么。"

托茨严肃地点点头。"应该做点什么,但是能做什么呢?也许警察可以帮忙。"

"我觉得警察没多大用,"马隆说,"他们在这类事上愚蠢得很,但也许我可以帮忙。不管怎么说,我经验很丰富。"

托茨眼中一亮。"你觉得你可以?"

"嗯,"马隆说,"我可以试试。你有没有想过你可以自己做些什么?"

"什么?"托茨无助地问。

"比如,"马隆倚靠在桌子上,信心满满地说,"你有没有想过拿枪打死他们?"

亨利·吉布森·吉福德盯着他,他那漂亮的灰眼睛里透出困惑的神情,"但那是谋杀啊。"

"是的,"马隆回应道,"是的,是谋杀,但是会被界定为自我防卫。或者你可以朝他们瞄准,把他们吓跑。"

"我可以,我怎么不可以!"好像有一道希望之光突然照亮了那张英俊的老脸,"我可以那么做。如果他们不理我,我就不得不真的开枪了。我讨厌这么想,但我可以。"

"不管怎么说,这是一种建议。"马隆说,他拿起一枚棋子又放了下来。

"只是——"亨利·吉布森·吉福德停下来皱了皱眉,"我没有枪,我必须得买一把。是的,我必须得买一把。我必须跟比格斯说说这事。"他微笑着对小个子律师说,"非常感谢你的建议,马隆先生,我十分感激。"

话题又转回到棋局上来。最后,马隆向杰克示意他准备走了,他们起身离开，把海琳也一起带上了。杰克在门口想办法最后一次警告内尔，静静待着，什么也别说。

"真希望我的车在这里。"他们打出租车的时候，海琳抱怨道，"马隆，你会让我摆脱麻烦的，是不是？"

他看了看手表。"我现在就去。安迪会在警察局的。事实上，我要把你也带去，包括假发什么的。"

"太棒了，"海琳说，"我应该嫁给你而不是杰克。"

"我做这件事的时候，"律师接着说，"杰克，你何不去找贝比谈谈呢？他可能面对你比面对我感觉更自在些。去看看他知不知道什么我们不知道的事。"

杰克皱了皱眉。"我希望他不知道。"

"我也是，但我们必须翻遍每块石头。"

"错了，"海琳说，"应该是我们必须翻遍每只虫子。马隆，托茨是不是杀人狂？"

马隆说："绝对不是。不管从哪方面看，这些谋杀案都是由一个神志正常的人干的。"

杰克在贝比住的那座改造过的大楼前跟他们告了别，约好半小时后在街角酒吧碰头。

贝比在家，看起来非常虚弱，非常疲倦。杰克想知道他前一天晚上有没有睡会儿觉。事实上,他想知道前一天晚上到底有没有任何人睡过觉。当然,除了圣·约翰。年轻人见到他好像非常高兴。

"杰克,"他说,"我需要你的建议。你觉得我应该去警察那里,坦白犯了谋杀罪吗?"

杰克正在点烟,烟掉到了地上,他重新捡起来,先点上烟才开口说话。

"你是觉得好玩,"他说,"还是真的是你干的?"

"不,"贝比说,"但是警察最终会察明谁是真正的凶手,所以这样做没问题。与此同时,我还能帮到内尔。"

"你不是真的吧,"杰克说,"你这样的人不会干这事的。你吃错药了吧。你看,孩子,你真觉得内尔有罪?"

"但她没罪。我从报纸上读到,圣·约翰和保罗·马奇是用同一把枪打死的,所以我知道不可能是她干的。我知道她没有枪杀圣·约翰,因为她昨晚就在这里。所以,当然,她也不可能作另一个案子。不管怎么样,她不会那么做的,不是内尔。我早就应该知道——"他的声音戛然而止。

"你早就应该知道什么?"杰克问。

年轻人拿手掩面。"我就是一个蠢货。一直以来,我都以为是内尔杀死了保罗·马奇,然后又杀了基弗斯先生,我都快要疯了。"

杰克盯着他说："但是今天早晨之前，没有人知道保罗·马奇谋杀案啊。"

"我知道，"贝比凄惨地说，"我一直都知道。"他抬起头，他的脸紧张而苍白。"杰克，那天晚上——广播的那天晚上——因为我的收音机坏了，我到一位朋友的公寓去听演出。那时已经结束了，我沿着伊利街走回家，看到内尔在那座大楼前下了出租车。"

"她看到你了吗？"杰克问。

贝比摇了摇头。"我刚要叫她，又停了下来。我知道她要去见保罗·马奇，或者我猜想她要去那里。我就在那里等着她出来。这一切听起来很疯狂，但你像那天晚上那么嫉妒时就是会做疯狂的事。最后，她确实出来了，然后离开了。我几乎疯了，想知道她是不是去见他了。我想，我要进去看看他在不在。我想，如果他在那里，我就能确定她去见他了。所以，我一路上楼到了他的房门前。门开了一点，于是我……就进去了。哦，天哪，我不知道我应该跟他说什么或者对他做什么。我就那么进去了。然而他就在那里，死了。"他抬头看着天花板，目光游离，"我猜想内尔拿枪打死了他。"

杰克走到窗边，看着两辆出租车和一辆大卡车沿路开下去又转回来。"我的天哪，"他说了一遍又一遍，"我的天哪！你一直背负着这么大的事！"

"我什么都不能跟她说,是不是?我什么都不能做,是不是?我只是不得不保持沉默,然后就到了试听那天——"他停了下来。

"继续。"杰克说。

"我知道有一场秘密试听。我刚从 B 演播室出来,看到基弗斯由圣·约翰陪着走进了贵宾室。我好像有点明白了——圣·约翰让内尔准备的试听。我知道她不想做这么一场试听。我不知道圣·约翰是怎么让她去做的,但我知道肯定是他弄的。然后,我就在报纸上读到了基弗斯被杀的消息。"

"你以为是内尔杀了他?"杰克说。

"我能怎么想?"年轻人狂乱地说,"我能怎么想?我现在知道我错了,但是仍然没有什么用。我的天哪,杰克,我该怎么做?我对这件事什么也做不了。"

"你能做的就是把嘴闭紧,还有好好对内尔,"杰克告诉他,"她现在过得很难受。你会来参加明晚的秀吗?"

"会的,奥斯卡今天早晨给我打电话了。"

"很好,你就按兵不动,还有——嗯,好好待她。这就是你能做的一切。"

"我知道她不爱我,"贝比说,"但是这没有关系,我会付出一切,一切,杰克。"

"是的，她不爱你，"杰克温柔地说，"她永远不会爱你。她爱着一个梦，会永远爱着那个梦。现在，这个梦碰巧跟你很像，她现在对你说的每个字都是真心的。但是有一天，那个梦会变化，会看起来像别的什么人。也许我们爱的都是想象中的人，我不知道。但内尔确实如此。变化到来那一天，你要挺过去。"

"不，不会的，"年轻人说，"我可以记住她，是不是？"

杰克怜惜地摇了摇头。

"你觉得我会过得去，"贝比说，"但我不会的。"

"你会记得她，"杰克说，他站了起来，"但是你自己的梦也会变化。见鬼吧，我们对未来希求些什么呢？当下就已经够糟了。"他叹了口气。"事实上，内尔唯一的真爱是托茨，尽管看起来很奇怪。"他在门边停下来，"闭紧你的嘴，尽量不要担心。"

贝比点点头说："我会的。"

沿着人行道往下走时，杰克瞥了一眼手表。还有时间走到他的酒店换身衣服再去跟马隆和海琳汇合。不，他告诉自己，不是换衣服去结婚，那样想会招来天谴的！但是和衣睡了一觉可不会让衣服更整洁。

必须要对贝比做些什么。过去，内尔的恋情没有烦扰过他，就连内尔自己也不上心，但是这个年轻人迟早有一天会受到打击的，沉重的打击。也许，如果他能坚决地跟内尔谈一谈，内尔会放贝比走，结束这场恋情。如果可以，内尔绝不想伤害任何人。或者，也许他可以劝服贝比，告诉他，他在舞台上会伤害到内尔，让他自己走开。不论如何，必须得结束。

哎呀，为什么要浪费时间想这回事呢？好像他还有足够的心力似的。也许这会儿马隆还带着海琳在跟警察解释。再过一会儿他们就要见面一起吃饭，他就能有几小时忘了内尔、贝比、警察、谋杀案等。

他走进酒店大厅，一个又瘦又高的年轻人从门边一把椅子上站起来，向他走过来。

"谢天谢地你来了，"乔·麦克弗斯说，"我要疯了！"

麦克弗斯的秘密

"你他妈的太对了,我不想见到你。"杰克气呼呼地说着,把麦克弗斯领进他的房间,又一脚踢上门,"从上个周六我开始想要结婚,到现在周四晚上了,该死的谋杀案一起接一起,我还是没有结成。"他点了一支烟,盯着麦克弗斯,"喝一杯怎么样?"

"谢谢,"麦克弗斯说,"我想我可以喝一杯。"

"你看,"杰克咕哝道。他从梳妆台抽屉里翻出一瓶没喝完的杜松子酒,平均分成两杯。"再过 21 分钟,我要去见我的女孩和律师,说不定上天保佑,我们今晚还能结婚。"

"结婚需要带律师吗?"麦克弗斯有点傻乎乎地问。

"不,"杰克说,"他正在帮我的女孩免除牢狱之灾。"他脱下衬衫,开始翻找一件干净的换上。

"但是杰克,"代理人不高兴地说,"一切都乱套了。"

"你的陈述没有一点新闻价值在里面。"杰克告诉他。他走近去看着麦克弗斯。"你心里有事,你最好告诉我,然后把它处理掉。"

"是关于保罗·马奇谋杀案的,"麦克弗斯说,"你看,我当时在那里。"

杰克奇迹般地捞住了那杯即将落地的杜松子酒。"我当时在那里,"代理人重复说,"还有关于那座仓库,你知道的。报纸上写了它被烧毁的故事。如果它被烧毁了,保罗·马奇的尸体应该在大火中烧成灰了,但是如果它在圣·约翰家的厨房里,它又怎么会在仓库里呢?不论如何,它怎么到那里去的?"杰克坐在床边看着他。

"事情有些复杂了,"麦克弗斯说。

"咱们重新来一遍,"杰克很慢很平静地说,"你怎么知道保罗·马奇的尸体在仓库里?"

"他妈的,"代理人粗野地说,"我把它放在那里的。"

"哇哦,哇哦!"杰克过了一会儿说,他开始换袜子,"你没碰巧杀了他吧?"

"不,不,我没有。我到那里时他就已经死了。杰克,你必须要相信我。"

"当然,"杰克说,"我相信你。我已经组建了一个社团,就是为了去相信那些说自己没有枪杀保罗·马奇的人。但是这起谋杀案好像已经成为本季最重要的社交活动。活见鬼了,每个人都卷在里面。"他停顿了一下,又补充道,"事实上,我自己也在里面。"

"是因为脚本,"麦克弗斯凄惨地说,"我知道我本不应该那么做,但是我还能做什么别的呢?"

杰克放弃穿衣打扮了,他说:"从你的嘴里弄点信息出来就像是听一个灾难幸存者讲目击的事件。你想不想告诉我发生了什么事,还是我必须得对你催眠你才能讲出来?"

麦克弗斯皱了皱眉。"事情有些复杂。"

"你前面说过这句了,"杰克提醒他,"脚本是怎么回事?你因为没有别的事可做,所以做了一件本不该做的事,是什么事?"

"内尔曾经给保罗·马奇写过一些信,"麦克弗斯说,"他威胁说要把信寄给高曼,所以,我就移动了尸体。"

杰克看了他15秒,拿起电话,让客房服务再送一些杜松子酒上楼,然后说:"再这样下去,我就要到纸娃娃店里把它们全剪碎了。你移动了保罗·马奇的尸体?"

"当然,"麦克弗斯说,"我还能做什么别的?不仅仅是因为我喜欢内尔。你知道我从演出中偷偷跑开费了多大劲去干这事吗?"

"当然，当然，当然，"杰克说，"继续。"

"内尔的脚本，"麦克弗斯说，"就在演出开始之前，我翻看了一下，有一处需要改动。你看，杰克，我就是这样知道了发生的事。她肯定是把字条塞在脚本两页之间了，而字条是用铅笔写的，就有一些铅笔印迹落在了脚本上。内容是反着的，但我读得出来。"

杰克还没来得及细问，杜松子酒送来了。"所以，是你偷了脚本？"他说着打开了酒瓶。

"我害怕其他人发现，"麦克弗斯说。他接过杰克递给他的酒杯，"谢谢你的杜松子酒。后来我害怕内尔在两场广播之间去那里，我就开始担心了，所以我去了保罗·马奇的公寓，而他已经死了。"他停了很长一段时间，好把杜松子酒喝下肚。"杰克，她为什么要那样做？"

"也许她没做，"杰克说，"但是，继续。你发现他死了，然后你做了什么？"

"我想，当然是她开枪打死了他。我不知道有多少人知道她在两场演出之间去过他的公寓，或者有多少人可能知道勒索字条的事，或者别的什么。天哪，杰克，想象一下，如果内尔因为谋杀被捕，会发生些什么。"

杰克说："我已经想象这个场景好几天了。所以你移动了尸体，是吗？"

麦克弗斯跳起来,开始在房间里踱步。"该死,杰克,我必须做点什么,我还得考虑节目的事,我的收入大部分来自节目,又该续签合同了,不管怎么样,还有内尔,假如——"他停下来,吸一大口气,"我的天哪,假如可怜的托茨听说什么,那会把他逼疯的!"他停下来,脸色变得煞白。"我的意思是——"

"没关系,"杰克说,"我知道你什么意思。"

"我移动了尸体,"麦克弗斯说,"我记起仓库和冷冻室,它好像是一个完美的地方。我开车绕到巷子那里,把保罗·马奇从楼上搬下来,从后门出去,然后又上楼清洗了厨房地板,把尸体弄到仓库。当然,门是锁着的,但是我没费什么劲就进去了。然后,我回来参加转播,但我来晚了,我到大厅的时候正好听到结束语。内尔听起来很好。"他停下盯着杰克,"你确定她没有枪杀他?"

"嗯,"杰克说,"她说她没有。"

麦克弗斯点点头,好像一切都解决了。"第二天我开始担心这件事,我怕马奇的失踪会引来一些麻烦,所以我给房东太太送去一张字条和一些钱,请她把他的东西寄到火奴鲁鲁,还在字条上签了他的名字。"

"为什么是火奴鲁鲁?"杰克问道。

"那是我能想到的最远的地方。"

"澳大利亚更远啊,"杰克说,"但那样可能就做过头了。"

"但是,"麦克弗斯焦虑地说,"一定有人发现了尸体,然后把它弄到了圣·约翰的厨房。"

"是的,"杰克同意说,"一定有人。"

"做这件事太疯狂了。"

"全都很疯狂"杰克激动地说,"但是现在怎么了?"

"现在高曼先生想见我们两个人——你和我——明天上午九点钟,"麦克弗斯焦虑地说,"我们从布鲁尔回来的时候,一切都很完美。我们在那里愉快地钓了鱼,还计划好节目结束就签合同。然后,突然之间,明天上午他想见我们两个人。"

"很可能并不意味着什么,"杰克一边说一边扣好衬衣扣子,"你就是因为发生了那些事,所以心里有点慌乱,仅此而已。"

"如果他有一丁点察觉到内尔卷进了谋杀案,他就不会签了。"

"他没察觉到什么,他不可能。你就忘了吧。"

"但如果警察在找她。"麦克弗斯绝望地开口说道。

杰克转过身。"你在说什么?"

"警察,"麦克弗斯重复道,"你没看报纸吗?"

"从早晨看过之后就没再看了。"

麦克弗斯从他的口袋里掏出一份折叠的报纸,杰克一把抢过来。

电台男演员

生命中的

金发女郎是谁？

他匆忙地读完了故事。警方得知冬天有一位神秘的、据说很漂亮的金发女郎频繁拜访保罗·马奇。报道暗示她可能跟谋杀案有关，尽管表面看来并非如此。没有关于她身份的线索披露出来，但凡·弗拉纳根说他想到一个人，他会在今天结束前把她带到警察局询问。

"这里指的是内尔。"麦克弗斯的音调里还暗示着"这里指的是毁灭"。

"你究竟为什么不一开始就跟我说这件事？"

"我没想起来。"代理人惨兮兮地说。

杰克胡乱把领带系好，咕哝着说他希望能在圣诞节前结成婚，还说："看在上帝的分上，乔，把你的嘴闭紧，什么也别说。不论发生什么事，不论人们怎么说，什么也别承认。把内尔交给我，把警察交给马隆，把其余的交给上帝。"

"但如果是内尔，"麦克弗斯说，"如果是，如果他们真的把她弄去询问，如果高曼真的听说了，如果——"

"如果所有那些都发生了，"杰克拿起帽子说，"那么我们就都去澳大利亚养水貂吧。"

金发女郎

马隆和海琳已经在等着他了。她仍然戴着那顶黑色的假发,这会儿稍微有点倾斜了。

"你的假发有点歪了,"他告诉她,又补充问道,"所以,马隆没为你把事摆平?"

"他把事摆平了,"她说,"我甚至已经把车开回来了,但是我太喜欢这顶假发了,所以没有把它摘掉。"

"好吧,"他说,"但是如果我们结婚的时候你还戴着它,我可受不了,我感觉这样是不合法的。"

他在去伊利街公寓的路上跟他们讲了麦克弗斯的事。马隆静静地听着。

"我跟凡·弗拉纳根一样,有种感觉,"他最后咕哝着说,"有人做所有这些事,全为了让我的日子不好过。所以,是麦克弗斯把保罗·马奇的尸体移到了仓库。那么,是谁烧毁了仓库呢?"

"那个谋杀保罗·马奇的男人或女人。"杰克说。

"他或她怎么知道保罗·马奇的尸体被移到仓库去了呢?"马隆问。

很长一段时间的停顿之后,海琳说:"凶手的外祖母是一位威尔士女人,他或她有千里眼。"

莫利正在大厅等他们。"杰克,整个下午这座楼里全是警察。"

杰克点点头:"我知道。"

"是为了保罗·马奇,可怜的小恶魔,"她叹口气,"想到我打包了他所有的东西,把它们寄到火奴鲁鲁,还有他死了之后一直躺在什么地方。是谁杀了他呀,杰克?"

"我不知道。"杰克说。

马隆坐到桌子一角。"他们想知道他什么事——我是说警察?"

"哦,所有的事。他有什么朋友,他是干什么的,一切关于他的事。我没有太多信息告诉他们。他是个不怎么喜欢社交的家伙,总是有点小秘密。我不喜欢人们那个样子。"她带着喜爱的眼光眉开眼笑地看着海琳。

海琳叹了口气说:"嗯,不管怎么样,我很高兴他们不再找我了。"

他们上楼来到海琳的公寓,杰克看了看手表。

"如果我们现在出发,"他开口说道,"应该正好有足够时间开到——"

"别说出来!"海琳乞求道,"我有种感觉,你一提到王冠角,倒霉事就会从其他什么地方跳出来。"她把假发放在桌上,甩甩她那稻草色的长发,开始梳理起来。

马隆已经从口袋里拿出一个皱巴巴的信封,在角落画起了方形和三角。

"杰克,"他慢慢开口,"内尔·布朗表演剧团的节目是在九点钟播放——对吗?而转播是在十一点钟?"

"两个时间都对。"杰克立刻回答。

"在两次广播之间——"律师停顿一下,皱了皱眉,"广播一结束,内尔就离开了演播室。播放那个有枪声和爆炸声的节目时,她应该有时间赶到那里。但是目前我们假定她到达时马奇已经死了,那样的话,她一定跟往外走的凶手擦肩而过。"

"而且也跟往里走的几比擦肩而过。"杰克说。

"然后,"马隆说,"你到处找内尔,最后在这里找到了。了解了情况之后,你又迅速返回演播室,在转播之前几分钟到达。与此同时,麦克弗斯考虑过后,下一个来到现场。麦克弗斯赶上转播了吗?"

"没有。"杰克说。

马隆眉头紧锁,看着自己在信封上做的记录,最后揉成一团,扔到了角落里。"一切都发生在两个小时之内,"他宣布道,"但是,为什么麦克弗斯过了那么久才到这里?"

"我可以告诉你这个问题的答案,"杰克说,"广播之后,乔做的第一件事是去给赞助商高曼打电话。基于对高曼的了解,我想说那个电话大概占了一些时间。高曼对演出的看法给乔带来的焦虑又在他的脑海中盘桓了好一会儿。这种事每周都会发生。等他给高曼打完电话,重新恢复正常状态,他就开始为内尔·布朗和勒索字条担忧了,最后才赶到这里。"

马隆点点头。"基弗斯给保罗·马奇寄了500美元,"他沉思着说,"保罗·马奇是被无名士谋杀的;麦克弗斯扮演了童子军,移动了遗体;基弗斯为了试听来到这里被人枪杀了;最后,圣·约翰被杀害了——用了杀死保罗·马奇那把枪,但不是杀死基弗斯的那把枪。"

杰克从那里接着说下去:"如果圣·约翰和保罗·马奇是被同一把枪打死的,我会大胆设想圣·约翰没有杀保罗·马奇。保罗·马奇的裤兜里有不止500美元,所以圣·约翰可能从保罗·马奇那里买了内尔·布朗的信。"

"我们说到哪了?"马隆问,"谁那么想拿到信,不惜为它们谋杀圣·约翰?"

"你在问问题,"杰克说,"你可以回答问题。"

"还有一个问题,"马隆说,"我们想找到凶手吗?"

"你什么意思?"杰克生气地问,"如果我们找不到他,我们怎么把信拿回来,怎么帮内尔·布朗摆脱这桩麻烦事?"

"问题在于,"马隆说,"假如凶手是一个我们不想找到的人。既然圣·约翰已经完全不碍事了,既然保罗·马奇也一样,而基弗斯先生似乎完全是个无足轻重的人,没有人为他哀悼。那么,帮内尔·布朗摆脱麻烦这件事你想做到什么程度呢?"

"你的意思是,"杰克说,"凶手可能是某个我们同情的人,有特别正当的理由去杀人。"

马隆没有回答。

"但是,马隆,"海琳说,"谋杀从来就不是正当的。"

"是吗?"律师非常安静地问。

很长一段时间没有人回应。

"关键在于,"马隆最后说,"如果有可能静静待着,什么也不做——我们尽力确保内尔在整件事中的角色不被托茨或高曼或公众知道——那么这本就是一种采取行动的过程。最终总会有其他人不知怎么在某处被谋杀，那么所有人就都会忘了这件事，可能甚至连凡·弗拉纳根都会忘掉。"

门突然开了，他被打断了。他们转过头去，看到内尔·布朗站在门厅处，眼睛睁得大大的，喘不上气来，非常虚弱。

"杰克，"她用一种奇怪的单调的声音说，"杰克，警察。"

马隆跳了起来，关上门，把她领向一把椅子。

"他们到公寓来了，"内尔接着说，"幸运的托茨没有听见。比格斯去开了门，他们说了自己是谁。比格斯听到我躲在我的房间里，但他脑子转得很快，他说他们可以在演播室找到我。所以，他们就问了他许多问题，然后离开了。但是，他们会发现我不在演播室，然后再回去。哦，杰克，我该怎么办？"

"你这个被宠坏的小傻瓜，"杰克愤慨地说，"你应该待在那里，让他们问你。"

"我做不到，杰克，我看过报纸了。我知道他们觉得我是——我是那个金发女郎。哦，杰克，我明晚有一场秀要准备，脚本看起来还不太好，还要签合同，现在又惹上这些麻烦，我快要疯了。我现在承受不了被他们问一大堆问题，而且假如他们把我带到某个地方去询问，而报社又抓住这一点——"

"不会那么热门的，"杰克慢慢说，"内尔·布朗被警察带走询问保罗·马奇和圣·约翰谋杀案——不，这新闻不会那么热门的。"

"而且高曼会知道的，他就不会签合同了，"她绝望地说，"还有托茨——"

"如果警察返回你们的公寓找你，托茨会怎么想？"杰克说，"如果他们进去问他一大堆问题呢？"

"他们不会的，"内尔说，"我早就想到那一点了。他很烦躁，不知怎么感觉不太舒服，所以在我出门前，比格斯就带他上床了，给他吃了一颗能让他睡上几个小时的镇静药。如果警察回到那里，他们也吵不醒他。"

"我希望明天晚上能签合同，"杰克非常担忧地说，"我有一种预感，一旦合同签上了，我们就更安全了。即使故事最终传到了高曼那里，他很可能什么也不会做，因为不但内尔会是一件有价值的财产，而且他感觉有必要维护剧团的名声。所以，当务之急是在合同签好之前阻止警察追捕内尔。"

"很好，"马隆说，"但是怎么做呢？他们现在很可能就在外面找她呢。"

就在那时，传来一阵敲门声。

"如果是警察，"杰克说，"我们就放弃。"

不是警察，而是隔壁的年轻人来送啤酒。海琳欢迎他进来，让他关上门。年轻人突然看到了内尔。

"我希望我没有给你带来什么麻烦。"他慢慢地说。

"是你?"内尔问,"是你告诉警察我来这里见保罗·马奇的?"

年轻人看起来不太开心。"是我,我没有意识到自己在伤害你。我没有告诉他们你的名字,但我告诉他们你很漂亮,是个金发女郎。"

杰克迅速思考。"他们很可能发现保罗·马奇曾经跟内尔的剧团一起工作过,在这里或那里的派对上看到他俩在一起,然后这个笨蛋说到'漂亮的金发女郎'时,他们立刻说'啊,内尔·布朗'!"

"我是个笨蛋,"年轻人说,"非常抱歉。如果现在我能做些什么——"

"坐下,"海琳心不在焉地说,"闭嘴,我在思考。"她把啤酒倒出来。

"见鬼,"杰克说,"他们很可能也会来这里的。因为他们找不到内尔,自然就会找我,看看我是不是知道她在哪,而我今晚离开酒店时留了个口信说万一有人想找我就到这里来。"

"杰克,你必须尽快做点什么。"内尔乞求道。

海琳非常认真地看着她。"我们要让警察找到你,"她很慢地说,"而你不是个金发女郎。过来,到洗手间来,让我给你洗把脸。"她从壁炉架上拿起那顶黑色的假发,把内尔推进洗手间,然后关上了门。杰克在门后能听到水花四溅。

"没有用的。"马隆愁眉苦脸地说。

"等着瞧吧。"杰克喝了一小口啤酒说。

几分钟后，海琳回来了，洋洋得意地领着变了样子的内尔。电台歌手的金棕色卷发已经完全消失在黑色波波头假发之下了，但那只是变化最小的部分。内尔·布朗已经变成一个非常普通、面色苍白的黑头发年轻女子，她的嘴巴小小的，没有什么颜色，厚眼镜片后面是一双无精打采的眼睛。在杰克看来，她甚至好像变得更小巧更瘦削了。

"你们看？"海琳解释道，"关键是卸妆。难以置信，一个女人卸妆后会看起来如此不同。内尔看起来像一位营养不良的学校教师。"

"重要的是她看起来不像内尔·布朗了，"杰克说，"另外，警察只在照片上见过她，但是，她的嗓音会把她出卖掉。内尔，把你的嘴闭紧。"

"我会的。"

"今晚你可以待在这里，"他接着说，"明天你可以打扮成这样去排练。可以解释成：内尔·布朗生病了，她的嗓音替身来替她排练。这理由很弱，但一旦你真的开始排练，就没有人会进入演播室。这是一个机会，"他深思熟虑地说，"但这是唯一的机会。"

"即使看起来是这个样子，"隔壁的年轻人说，"你仍然很棒！"

内尔坐到他身边，开始跟他熟络起来。海琳打开收音机，把音量调小，这样就不会有人注意它了。杰克和马隆轮流到角落拿啤酒。快十一点钟了。海琳在和马隆讨论先喝啤酒再喝杜松子酒跟先喝杜松子酒再喝啤酒的利弊。这时，有人敲门了。杰克开了门，请凡·弗拉纳根进屋，还有一位疲惫而忧郁的警察陪着他。

杰克介绍了海琳、黑发女人（我的表妹威尔逊小姐，是从密歇根州的兰辛来的）和隔壁的年轻人（他的名字已经变成威利·沃尔夫了）。凡·弗拉纳根觉得自己身处朋友之间，就坐下来，接过杜松子酒和啤酒的混合物，挥手让忧郁的警察坐到椅子上，然后痛苦地抱怨说人们做的一切都是阴谋，都是为了让他的日子难过。

"你，杰克·贾斯特斯，"他最后说道，"你知道内尔·布朗那个女人在哪吗？"

杰克摇摇头。"我知道就好了。你到她家找过了吗？"

"我们去过那里了，"凡·弗拉纳根咆哮道，"我们哪儿都去过了，没有人知道她在哪。我已经厌倦了到处找她这破差事了。等我真的找到她，我就把她扔进监狱。"

"以什么罪名呢？"马隆问。

"她是一个重要证人，"凡·弗拉纳根说，"她来这里找过保罗·马奇，这里这位年轻人说她来过。"

"我没说那是内尔·布朗。"年轻人说。

"嗯，我听着就像她，"警官低吼道，"他为她的电台节目工作，而她是我们能找到的唯一认识他的那位金发女人。"

"不是内尔·布朗,"海琳突然说,"不是的。"她突然落下泪来,大家都惊呆了。

"怎么回事!"凡·弗拉纳根说。

"我本来不想让杰克知道的,"海琳边抽泣边说,"因为我们要结婚了,而现在你们出来把一切都毁了。"她大声哭起来。

"你的意思是,"凡·弗拉纳根迷惑地说,"你的意思是你才是那个金发女郎?"他失神地补充一句,"不要哭了。"

"但是我没有枪杀他,"海琳抽泣着,"我已经几个月没来这里了。是不是,威利?"

威利·沃尔夫接过话来:"没有,没有,你没来过。"

"你一直都知道是她,但是你不告诉我,"凡·弗拉纳根大声对年轻人吼道,"我应该把你也一起抓回去。"

"我不想让贾斯特斯先生知道。"威利·沃尔夫匆忙说。

海琳哭得更大声了。

"好了,好了,好了,"凡·弗拉纳根安慰地说,"不要哭了,平静下来,让我问你几个问题。我说,不要哭了,这样对你没有一点好处。停下,我告诉你,我有一些问题要问你。停下,去他妈的,"他的声音大得在湖心都听得到,"闭嘴!"

海琳吸了口气,温顺地安静了下来。

"现在,"凡·弗拉纳根得意地说,从他的声音就听得出他想告诉大家他知道如何掌控这些女人,"现在你可以跟我走,我们要好好聊一聊,你和我两个人。"

"你看,"杰克说,"你不能这样做,她得留在这里。"

"你在命令我吗?"凡·弗拉纳根生气地说。

"杰克说得对,"马隆开口道,"你不能——"

"你不用管。"凡·弗拉纳根对他说。

"他妈的,"杰克说,"我不同意。"

"你闭嘴,"凡·弗拉纳根吼道,"我就要这么做,让你插嘴!来吧,小妹妹。我们看看我能不能把你带走。"

海琳站了起来。

"好吧,"马隆说,"但是我要跟着她,我是她的律师。"

"我也要去。"杰克说。

"你不要去,"马隆说,"你待在这里,杰克。"

杰克想了一会儿,看看拉辛来的威尔逊小姐,同意了。

"不要担心,"马隆对他说,"我会把一切摆平的。"

凡·弗拉纳根从鼻子里哼了一声,突然也看了看从拉辛来的威尔逊小姐。"你,年轻女士。你认识保罗·马奇吗?"

她摇了摇头。

"怎么回事,"警官问,"你不会说话?"

她找出一块手帕,对着咳嗽了几下,然后用沙哑得几乎听不出来的嗓音说:"感冒了。"

"太糟糕了,"警察同情地说,"这种天气真是讨厌。你知道保罗·马奇什么事吗?"

"不,"她用沙哑的嗓音说。"不知道,"她又咳了几声,"我刚从拉辛来参加表哥的婚礼。"

这个答案好像让他满意了。他点点头,对那位忧郁的警察说:"走吧,冈可夫斯基,我们有活干了,"他拉起海琳的胳膊,昂首挺胸地走出去,马隆跟在后面。

房门关上了,还能听到楼梯上沉重的脚步声。杰克用责备的眼光看着拉辛来的威尔逊小姐。

"先不说别的,"他说,"就在我要结婚的时候,你把我的女孩投进了监狱。"

她的眼睛里突然充满了泪水。"哦,杰克,我给你添了这么多麻烦。杰克,对不起,我知道我就是一个一无是处的讨厌鬼。"

他拍拍她的肩。"没关系,宝贝,这都是很平常的事。不管怎么说,你找媒体代理人干什么的呢?我们只是应该把合同改成杰克·贾斯特斯和家人!"

浮出水面的真相

杰克提醒内尔她还有一场节目要准备,他到海琳的床上躺下,陪她说话,一直说到她睡着。然后,他坐到窗边,自己在那里发愁,一直到大概凌晨四点,马隆打电话过来了。

律师告诉他,他让凡·弗拉纳根留海琳在那里过夜,这样做,他解释说,会让他忘了内尔·布朗。等杰克把内尔安全地送去排练之后,他,马隆,就会毫不费力地把海琳救出来。

他补充说,海琳过得很开心。

"她是这样的。"杰克忧郁地说,然后挂了电话。

他回到窗边的椅子上,进入一种半睡半醒的状态,一直做些令人不舒服的梦,梦里有高曼、节目、海琳、托茨的马,还有凡·弗拉纳根的水貂。

早晨,他把内尔送到演播室,告诉她就待在那里,他们见到了麦克弗斯。他注意到晨报上只提到"一位金发女郎"正接受警察的询问,然后就去拜访高曼先生。

赞助商是一位小个子男人,头发花白,面容慈祥。然而,今天早晨不像往常那么慈祥,而是非常焦虑。

他一点都没想浪费时间谈论钓鱼、天气,聊聊芝加哥小熊队怎么了。对杰克来说,这是一个不好的信号。

"这样,"没有任何前奏,他说道,"杰克,今晚签合同之前,我想让你和乔找出是谁干了所有这些谋杀案。"

"恐怕我没听明白。"杰克无力地说。

"哦,是的,你懂的,"高曼先生安慰地说,"哦,是的,你懂的,杰克。假如我今晚签了合同,而他们还不知道是谁干的这些谋杀案,也许明天他们就会找到内尔,她就卷进了谋杀案里,或者甚至就是她自己干的,只是在我看来她好像也太女性化了。但是,我只是假设,你懂的。我不是说内尔无论如何都会卷进那些谋杀案,但是保罗·马奇这个人,他过去跟剧团一起工作,而且他离开的时候,他和她之间有些问题,还有代理所的圣·约翰,他和她之间总是有问题。所以,现在我不想今晚签合同了,除非我知道是谁作了这些案,而且内尔不会卷进去。"

他向后靠过去,双手交叠放在他那圆滚滚小肚子上,慈眉善目地对他们微笑。

"但是,您看,"杰克说,"您不能这样对我。我已经安排好摄影师,要拍一张您跟内尔签合同的照片。今晚的节目里还会宣布说合同会再续签一年。为什么,这些都是写在脚本里的。"

"嗯,"高曼先生温和地说,"我想也许你可以让摄影师走,也许可以把那句从脚本里拿出来,嗯?"

"您看,高曼先生,"乔·麦克弗斯用他最有说服力的声音说,"您跟我一样清楚内尔·布朗不会卷进这么一桩事的。绝不会是内尔·布朗!"

"也许如此吧,"高曼先生说,"也许不是。我怎么会知道?我说的只是今晚我不会签合同,除非我知道谁干的那些谋杀案,而且内尔不会卷进去。"

乔·麦克弗斯抹了一把额头。

"高曼先生,"他紧张地说,"即便退一万步讲,内尔卷进去了,你还可以信任杰克,他能阻止这事上报纸的。雇他是干什么的呀?"他充满希望地看着杰克。

"当然,"杰克空洞地笑了笑,说,"不论发生什么,我都会把事情盖住的。"

高曼先生撅了撅上嘴唇。"我不是说你不能，"他坚定地说，"你们看，我在家里还有一位妻子和两个很可爱的女儿。每个星期，她们都坐在家里听内尔·布朗；每个星期，她们都坐在家里，调到西海岸频道，听内尔·布朗的转播。现在，如果内尔·布朗卷进两起肮脏的谋杀案，而她们还要坐在家里听内尔·布朗，我会有什么感觉？"

"但是她没有——"麦克弗斯开口说。

高曼先生打了个手势，示意他不要说了。"全国上下，"他说，"人们都和家人一起坐在家里听内尔·布朗。现在，也许明天他们拿起一份报纸，会读到内尔·布朗卷进了一堆谋杀案的烂摊子。或者也许他们不会读到，但她还是一样啊。二十年来，"他开始演讲了，"二十年来，我一直在向人们售卖好糖果。从很久以前，我只有一辆手推车和一盒巧克力条时，我就那样做。后来——"

带着耐心和敬意，杰克和乔·麦克弗斯安静地聆听着这段经常被讲起的故事：高曼先生如何从他的手推车发迹成为高曼糖果公司老板，并且把产品卖到所有的糖果柜台。

"所以，"他最后说道，"乔，今晚你把合同带来让我签名，杰克，你把摄影师请来拍照片，但是要确保你们有证据证明谁谋杀了那些人，而且内尔不论如何不会卷进去。"

"但是我们能做什么呢？"乔·麦克弗斯绝望地问。"警察正在忙这个案子呢，他们都做不了的事，我们到底能做什么呢？"

高曼先生耸耸肩。"我怎么知道？我只管制作糖果。也许咱们的杰克可以做点什么。"

"我是个媒体代理人，不是个侦探，"杰克说，"而且距离今天晚上没有多少时间了。"

"嗯，"高曼先生说，"你们已经听到我想说的话了，到此为止。"他按了按桌上的按钮，一位黄头发的秘书出现在门口。"杰西，把那些我需要回复的信件拿进来。"

"但是高曼先生——"麦克弗斯有点绝望地开口说道。

"您看，"杰克开口说，"您不能期望——"

高曼先生从桌上的信件后面抬起头来，好像很惊讶地发现他们还在那里。"再见，"他愉快地说，"今晚见。"

两个男人沉默着走了出去。

"愚蠢的老白痴，"麦克弗斯在电梯里嘟囔，"一旦他决定什么事，想要让他改变，还不如去让箭牌大厦跳华尔兹呢。"

"能从一辆手推车起家，在糖果业挣到百万美元，这样的人不会是愚蠢的老白痴，"杰克评论说，"据我所知，无论如何都不会的。但是，这就给了我们一个好思路。"他叹口气，"也许只是因为天太早，我思路不清晰,咱们去找马隆谈谈吧。"

他们到时,小个子律师正在办公室吃早餐。麦克弗斯跟他讲了高曼的最后通牒,而杰克自己喝起了马隆的咖啡。

"我们怎么办,马隆?"杰克问。

"叫人再送些咖啡来,"律师咕哝道。他走到窗边,忧郁地站在那里凝视着窗外的屋顶。杰克坐在那里思忖凡·弗拉纳根会不会接纳他做水貂农场的搭档。马隆的秘书送来了一壶咖啡,这时,律师好像做了个决定,他坐到办公桌后面,把咖啡倒进水杯。

"海琳,"杰克焦急地问,"海琳在哪里?"

"在电台演播室,"马隆烦躁地说,"很可能在教内尔·布朗怎么唱歌呢。她一晚上都在教凡·弗拉纳根怎么经营犯罪集团。"

杰克放心地叹了口气。"至少,她已经摆脱麻烦了。"

马隆点点头。"关键是要向凡·弗拉纳根证明她真的对保罗·马奇的事一无所知,"他说,"她做得比我还要卖力。然后再向凡·弗拉纳根做几个暗示,如果他不把整件事忘掉,我个人,会非常不高兴。不要问我为什么我对他有这种效果,因为我不会告诉你的。毕竟,有些东西是很神圣的。"他沉重地叹了口气,"不论如何,最后凡·弗拉纳根很高兴再也不用见她了。"

尽管心中忧虑重重,杰克想到海琳一定把警察局搅了个天翻地覆,还是开心地笑了。但是,那个笑容很快就消失了。

"马隆,"他开口说。他想知道自己的嗓音听起来是不是像他感觉到的那么沙哑。

"你们去排练吧,"律师疲倦地说,"表现得就像什么都没有发生过一样,还有别让任何人靠近内尔·布朗。"

"那份合同——"杰克说。

"准备好,等着签字。"马隆对他说。

乔·麦克弗斯抬起头来看着他,他的脸上第一次有了一点希望。"你能在我们离开的这段时间找出凶手吗?"他停顿一下,吸了口气,补充说,"你现在已经知道了吗?"

马隆看了看他,什么也没说。

"看在老天的份上,马隆。"杰克开口了。

"走吧,"马隆不高兴地说,"走吧。"

"你知道自己要做什么吗?"

"我知道,"马隆说,"而且我不喜欢那么做。但是现在没有别的办法了。走吧,我要想想。"

杰克在门口停了一分钟。"我们过会儿会见到你吗?"

"会的,"马隆告诉他,"我会去演播室。"

"带上凶手,我希望。"杰克没好气地说。

"他会在那里的,"马隆低吼道,"滚吧!"

杰克咕哝了几句"脏乱的爱尔兰人和狡猾的律师",然后关上了身后的门。

"我们能做的只有希求最好的结果,"他对麦克弗斯说,"马隆知道他在干什么。如果他说他会把事情摆平,那么他就会摆平,所以我们最好不要再担心了。"

"希望如此,"麦克弗斯说,"我们现在要干什么?"

杰克叹了口气。"今天是个畅饮的好日子,"他说,"但也许我们最好去排练吧。"

舒尔茨一个人坐在控制间,大口嚼着一个三明治,读着一份《赛马日报》,他抬头看到杰克进来了。

"内尔从哪里找的这个替身?"他问道,"她是个奇迹,几乎和内尔自己唱得一样。"

杰克透过窗户看看内尔,她还戴着那顶假发,正站在麦克风前,跟卢·西尔弗争论着一首歌的安排。

"我不知道内尔从哪里找到她的,"他说,"但是你说得对,她是个奇迹。"他环顾了一下演播室。是的,海琳在角落里,腿上还放着一份脚本。世界变得明亮一点了。

"当然,"舒尔茨说,他从下巴上擦去一块碎屑,"作为一个内尔嗓音专家,我能听出区别,但是我敢打赌普通的听众是听不出来的。她自己还来表演吗?我是说内尔。"

"天知道,"杰克说,"但我希望如此。你看,舒尔茨,我们要进去排练了,你让所有人在外面待着。我不管是谁想进演播室或控制间,拦住他们——只有一个叫马隆的律师除外。"

"我明白,"舒尔茨说,"我不会放任何人进去的。"

杰克点点头,走进演播室,看了看周围。屋里有坐在角落看起来既酷又美的海琳;有内尔,比任何时候更像是拉辛来的威尔逊小姐;卢·西尔弗,正在做最后一刻的改动;奥斯卡·吉珀斯,没穿大衣,红着脸还出着汗;鲍勃·布鲁斯,既虚弱又忧心;一位他记不起名字的女演员;两位他记不起名字的男演员;一群乐手;正在调整音效的克劳斯;还有贝比。贝比?哦,对了,他记起来了,贝比要参加这周的演出。

奥斯卡从演播室走过,看到他说:"内尔穿着那件皮衣干什么?"

"她是个难民,"杰克说,"不要问问题了,脚本怎么样?"

奥斯卡说:"我在睡梦中也写不出比这更好的脚本。"

内尔加入了他们的谈话。"在谈什么?"她很随意地问。

"听着,"杰克说,"你要知道,这只是又一场排练而已。出于我自己的原因,我希望内尔能藏起来。舒尔茨会把所有人拦在演播室外面,所以她卸下伪装也没关系。现在听着，今天下午所有的烂摊子都会清理干净。我自己也不知道怎么做到，但是会的。同时，今晚有一场演出。忘了所有破事吧，专心排练。现在，开始干吧。"

他示意海琳跟着他进入控制间，然后安顿下来听着。

最初的半小时，排练很紧张，没什么生气。正当杰克要放弃希望，觉得这场演出根本不能播放时，大家开始沉浸到表演之中无暇他顾了。到四点钟，脚本被截短又加长又重新安排又重写，大家停下休息，喝杯咖啡。到五点钟，最后的排练竟有了杰克无法相信的顺畅和活力。乐手准备离开时，他走进了演播室。

"卢，你可以带小伙子们离开了，你们也可以走了。"他对不知道名字的女演员、男演员和克劳斯说道，"其他人留一下。"

"怎么了？"鲍勃·布鲁斯问。

杰克望向控制间，看到了马隆。"我想我们要知道谋杀案的真相了。"他说。

"什么谋杀案？"奥斯卡天真地说着，从脚本上抬起头来。

杰克叹了口气。"当一位艺术家一定很棒，"他评论道，然后对着麦克风说，"进来吧，马隆。"

小个子律师走进了演播室，他看起来非常苍白也非常疲倦。

"你们都认识约翰·约瑟夫·马隆，我想。"他看看周围说道。

"你做些什么了吗,马隆?"麦克弗斯焦急地问,"合同安全了吗?"

马隆点点头,重重地坐到一把皮革镀铬椅上。"我知道整个故事,我最好坦诚讲。我已经知道故事里很重要的一部分好几天了。"他停顿了一会儿,"我想,有一个处理这件事的办法,能挽救一些东西。但是,我很讨厌这么做,因为我知道这样会伤人。"他再次停下来,抬起头,"对不起,内尔,我的抱歉无以言表。"

此马非马

"你在说什么？"杰克问。他的声音好像出自一个完全陌生的人。

马隆好像没听到他的话。他还看着内尔。电台歌手似乎知道了他要说什么，她的脸色变得煞白。

"这不值得，"她说，"那份合同，这个剧团——没有什么能值，全世界都没有。"

马隆抬头看着她。"由你说吧。"他对她说。

"内尔，"麦克弗斯疯狂地说，"内尔，合同。"

"闭嘴，"她说得非常随意，就像是拍死一只苍蝇。"节目不再重要了。一直以来它好像是那么重要，但现在它突然不重要了。"她转向麦克弗斯。"乔，你可以卖给高曼别的什么节目。会费些时间，但是你能做到的。不论如何，我对整件事厌烦透了。我够了。我没有破产。我已经把今年挣的一些钱攒了起来，够我和托茨生活一段时间的了。"她把一只胳膊甩出去，做了个粗野、疯狂的手势。"我不要求很多，只要托茨。只要在某处找个小角落——我们可以在那里安顿下来，只是过日子，忘记所有这一切，就那么在一起，也许我们会找到一点别人无法寻觅到的幸福。我要走了。我受够这一切了。我不管谁谋杀了保罗·马奇，或者基弗斯先生，或者圣·约翰。我不管这个节目或者合同或者我会发生什么事。全都见鬼去吧！"她突然喊破了嗓子。

奥斯卡·贾珀斯把一只大手搭在她肩上，"内尔——"

她好像不知道他在那里。

"对不起，内尔，"马隆又说了一遍，"对不起，这是唯一的办法，而且现在阻止已经太迟了。"

他向门口望去，所有人的目光跟着他的目光望去。门缓缓地开了，非常非常缓慢地开了，亨利·吉布森·吉福德，非常高贵，穿戴得非常漂亮，非常自信地走进了演播室。

"我很高兴听到了你的演讲，内尔，"他安静地说，"尽管你不是跟我说的。"他非常从容地把帽子和手杖放在一把椅子上。

"你听到了!"内尔说。

"从扩音器听到的,"他解释道,"就在控制间里。操作员还给你连着线呢,不是吗?"

"但是你怎么来这里的?"内尔问,"你不会是自己来的吧!你不可能——"

"我给他打了电话,"马隆疲倦地说,"我打电话说内尔要被逮捕了,我想他会来的。我必须要查明,用某种方式查明,如果他独自出来了,没带内尔。我的意思是——我必须要证明。我知道。"

"哦,不,"内尔说,"不,不会这样的。"

"这是我唯一能为你做的事,"亨利·吉布森·吉福德非常简单地说。他摸到口袋,从里面取出一个小包裹递给她。"这是我唯一能送给你的东西。我本来想匿名寄出去的,也许,最终这才是更好的方式。"

她几乎是机械地接过包裹,解开绑在外面的皮筋,发现里面装的是信。

"但是你从哪里,"她刚开口又停了下来,"你从哪里拿到的?"

"从圣·约翰的口袋里。"马隆回答道。

杰克用手扶住一把椅子。"你的意思是,"他说,"你的意思是他——"他停下来皱起眉头,"但是,马隆,你自己说过他没——疯,不是那种疯。"

"这些谋杀案是由一个神志正常的人干的,"马隆说,"这就是整件事的关键，就是他是神志正常的。"

他的眼睛和亨利·吉布森·吉福德漂亮的灰眼睛四目相对，那是一种彼此理解的眼神，将房间里的其他人排除在外。

"你什么时候知道的？"白发男人问道。

"是杰克先告诉我的，"马隆说，"是杰克让我看清了整件事情。"他转向杰克，"首先，你说过——'托茨神志不清真是一件好事，不然这种情况会把他逼疯的！'"

杰克缓缓点头。

"那就告诉了我，"马隆说，"然后还有另一件更确定的事。托茨没有内尔陪着就不出公寓，这一点一次又一次向我指明。但是，杰克在两个单独的时间向公寓打电话时，都没有人接电话。如果托茨在那里，他就会接电话了。而这两次，我们知道，他都没跟内尔在一起，很明显，他肯定是独自出门了。如果他能那么做——他就是神志正常的。"

"我一点都不明白。"内尔说。

马隆非常温柔地微笑着对她说："你嫁给他的时候，他是一个非常富有的人。他爱慕你，他想给你一切你想要的东西。然后，突然之间，他失去了一切。"

"你回到家，跟他说你签了节目合同，他这才意识到他完了，结束了。突然整个形势倒转了过来。从那之后，你不但要养着你自己，还要养着他,而全世界都会知道这一点。那天下午——亨利·吉布森·吉福德第一次觉得他在起居室看到了马。"

一阵长长的沉默。

"你的意思是,"内尔说,"他是假装的?"她突然跪倒在托茨的椅子前,抓住他的手。"一直以来,你是假装的?你没有看到马?完全没有?"

"根本没有马,"他温柔地说,"也没有跟踪我的人。"他越过她的头顶向马隆微笑着说:"尽管如此,你们必须得承认马这件事做得很妙。"

"是的,"马隆说,"很妙。"

"但是,为什么?"内尔疯狂地问道,"为什么?"

他温柔地抚摸着她柔亮的头发。"也许我应该直接离开;也许我应该从一扇窗户跳出去,就像许多人做的那样。但是你对我来说太宝贵了,内尔。很宝贵,而且我感觉到你也需要我。但是——我不能就那么待着,做内尔·布朗的破产丈夫,靠她卖艺所得度日。我可以待在那里,做一个无害的老疯子。你能理解吗?你会原谅我吗,内尔?"

"你说原谅?"马隆说,"你已经为她做了那么多!"

"那些想象出的跟踪我的人,"老男人一边抚摸着她的头发一边继续说下去,"是为了另一个原因。我想知道周围在发生什么事。我知道你像个孩子一样冲动。我想,也许你会有需要帮助的时候,也许是需要保护。如果所有人都相信没有内尔陪着我就无法离家,那么只要内尔不在,我就总会有一个完美的不在场证据。"

杰克抬起头。"我一直都被你骗了。"

白发男人点点头。"我没有计划把这个当作谋杀的不在场证据,但是这样非常方便。我计划的是,这样就能时刻关注内尔了。"他那优雅的老手指停了下来,一半缠绕在内尔的头发里。"保罗·马奇的事我全都知道,只是我太伤心了,在你也需要安慰时,我没法安慰你。我全都知道。"他抬起头微笑地看着贝比。"这位年轻人,那些事都没关系,我记住的只有你对我的善意。"

内尔一动不动,把脸埋在他的膝盖上。

"我知道保罗·马奇是什么样的人,我为你担心。然后,一周前的那天晚上,你把脚本带回家,我浏览了一下,看到了那张写给你的字条留下的印迹。那时,我知道了,唯一应做的事就是杀了他。"

杰克从没想到一个房间能够如此安静。

"我记得那个节目就在你的节目之后,我确定那个节目中的枪声会掩盖我的枪声。我确信保罗·马奇会开着收音机,调到你的节目,我猜对了。你的节目结束时,我就在大厅里,等着下一个节目开始,然后不敲门走进去。他在小厨房里,我走上去枪杀了他。"

一阵长长的沉默。杰克感觉到海琳的手,冰凉冰凉地滑到自己的手心。

亨利·吉布森·吉福德长长地叹了一口气。"那些信就放在他的口袋里，我找了找还有没有你，内尔，留下的其他东西，什么也没找到。但是我发现了他钱包里的钱，这一点给我造成了困扰。我知道你还没来取信。最后，我得出结论，他肯定还勒索了其他什么人。"

"就在那时，我听到大厅里传来了你的脚步声。我躲到外面防火梯上藏起来，看着你在房间里翻找。"

她突然抬起头。"所以，我在那间屋里时，是有人看着我的！我感觉到了——但是我想那是不可能的。"她急促地喘着气，"有人看着我——而且是你！"她再一次把头埋了下去。

老男人像没有受到打扰那样接着说下去。"现在有了另一种危险。你去过公寓，尸体被发现的时候，你可能会被卷进去。然后，这位年轻人——"他指向贝比，"进来了，我就继续待在防火梯那里，等他离开。我待在那里，思考怎么办。在这期间，先是杰克来了，然后麦克弗斯又来了。我在外面的防火梯上待了将近两个小时，看到人们一个又一个走进那个房间。"他停下来，微笑了一下，"就像是在看一场游行。"

杰克厉声清了清喉咙。"就差导游和游览车了。"

托茨用灰色的眼睛赞许地看了看他。

"然后我，"乔·麦克弗斯开口了，他停下来凝视着老男人，"你肯定觉得我疯了。"

亨利·吉布森·吉福德摇了摇头。"我明白你为什么那样做,但是你移动保罗·马奇的尸体时,我跟踪了你,看到你把它藏到了旧仓库。"

乔·麦克弗斯眨了眨眼。"我做梦也想不到有人看着我——跟踪我。"

托茨微笑着说:"我非常安静。"他停下来,长长地叹了一口气,"我以为一切都办妥了,保罗·马奇的尸体迟早需要被毁掉,但是不用着急。时候到了,我知道旧仓库的大火会引爆冷冻室,很可能会把尸体烧毁,无法辨认。"他苦笑了一下。"时候到了,我不知道尸体已经被移走了。"

"恐怕,"他慢慢地说,"恐怕我把事搞糟了。"在接下来长长的沉默中,他的手指又开始抚摸内尔的头发了,非常缓慢,很有节奏感。"但是,见鬼,"海琳开口了,她的声音突然爆发出来,她皱了皱眉又重新开口,"你说你把信从保罗·马奇的口袋里拿走了,那么,圣·约翰是怎么拿到那些信的?圣·约翰身上发生了什么事?"她停下来,又皱起了眉头,"还有基弗斯先生。这些都不能解释是谁谋杀了基弗斯先生。"

亨利·吉布森·吉福德朝着内尔无力地攥在手里的信点了点头。"它们能解释是谁杀了基弗斯先生,"他安静地说,"是谁,以及为什么。它们能解释——你问的一切。"

最后的温柔

内尔拿起大信封摇了摇,三小包信掉到了演播室地板上。杰克捡起来,看着它们。

"但是它们是一样的啊。"他喊了起来。

马隆几乎是从他手里抢了过来。

亨利·吉布森·吉福德说:"保罗·马奇既是个造假犯,又是个勒索犯。"

马隆瞪大眼睛看着那些信。"有三套信,一模一样!"他抬起头看着老人。

"保罗·马奇是个聪明人,"吉福德说,"他知道有三个人会买这些信,所以他伪造了两套一样的信,我自己也不知道哪一套是真的。是的,一个聪明的小子。可惜他那样结束了——他本可以在这个世界上走得很远。"他拿过大信封,拿出几张写在零碎纸片上的字条,递给马隆,"这些能解释得更清楚。"

马隆拿过来,把三套信递到内尔手中。她有点呆呆地看着它们。

"但是,原本在哪里?"她问道,"谁拿着它们?"

"圣·约翰有一套,是从保罗·马奇那里买来的,"亨利·吉布森·吉福德说,"费城的基弗斯先生有另外一套,也是从保罗·马奇那里买来的。"

"他一直拿着它们,"马隆抬起头说,"直到圣·约翰为了它们而杀了他。"

很长时间的停顿之后,乔·麦克弗斯说:"你不会跟我说一个代理人会枪杀他的潜在客户吧。"他长吸了一口气,又说道,"特别是在一场试听之前。"

马隆被逗笑了,不理会他。"这就解释了为什么基弗斯给保罗·马奇寄了500美元。从基弗斯和圣·约翰之间这些通信来看,我几乎可以说——天知道为什么圣·约翰为什么没找机会把这些字条毁掉——保罗·马奇很明显知道内尔·布朗表演剧团面临着什么样的形势——至少考虑到了圣·约翰想把它卖给基弗斯。很明显,他也了解基弗斯,知道基弗斯如果有机会的话会怎么做。不管怎样,他把一套信卖给了基弗斯。"

托茨点点头。"我自己就是这样想明白的。"

"然后,"马隆继续沉思着说,"基弗斯来试听的时候,他告诉圣·约翰,他有内尔·布朗的把柄,他打算直接跟她交易,按自己的条件买下她的节目,把圣·约翰踢出局。这样能帮基弗斯省下一大笔钱。圣·约翰不但看到自己的计划全部打乱了,而且他知道除非把基弗斯赶出去,否则他就不能把内尔·布朗卖给任何其他人。基弗斯死了,他就可以了。圣·约翰急切地需要钱和名誉。"

律师皱了皱眉。"自然而然地,每个人都会假定世界上最不可能枪杀基弗斯的人是圣·约翰,就像乔在这里说过的——没有代理人会枪杀自己的客户,尤其是在为他安排好了一场试听之后。我们都匆忙得出了那个结论,而圣·约翰知道我们会这么想。安排这场试听就是为了掩盖一起谋杀,一定是那么回事。他一到,圣·约翰就把他带进了贵宾室,在试听之前把他杀死,然后从死人的口袋里拿走内尔的信的复件和他自己写给基弗斯的字条。"

"但是圣·约翰——"乔·麦克弗斯有点傻傻地说。

老男人打断了他。"我本以为一切都很好——所有的危险都排除了。后来,圣·约翰来见内尔,跟她讲他和那些信。她以为他在那里时我在打盹——其实我没有。我在听着。我知道我已经从保罗·马奇口袋里拿了信。最后，我得出一个后来证明正确的结论——那就是还有复制的信。"

"一开始，我不确定要怎么做。我知道内尔不想安排试听，我也知道她会那么做的原因。后来，当费城的基弗斯先生出现在林肯公园的长椅上时，我还不知道发生了什么事。但我知道，圣·约翰对内尔来说是个危险，他手里的信也许是复制品——但是它们跟我从保罗·马奇的口袋里拿走的信一样，能对内尔造成同样的威胁。所以我知道圣·约翰必须得死。"

细长的老手指又一次停下来，一半缠进内尔的头发里。

"我去了圣·约翰家，他正在收音机前睡觉，那里一个人也没有。我把音量开到最大来掩盖枪声，然后就杀死了他。那些信就在他的口袋里，我拿走了。然后，我知道内尔安全了。"

接下来是长长的沉默，内尔抬起头看着马隆。"你是怎么知道的？你是怎么发现的？"

"我并不知道，"小个子律师说，"我必须要猜想。"他的声音非常疲惫。"但是发生的一切都对你有利，这样，在我的脑子里，就缩小范围到了足够爱你、能为你杀人的人。"

"但是可能会是托茨，"他接着说，"只要他神志清醒的话，这是整件事情成立的平衡点。如果他的幻觉是真的,"他微笑了一下,"嗯,这么说吧。如果他的幻觉是真的,他没有你陪着真的无法离开公寓,那样的话,他就不可能谋杀。但如果他神志正常,他那些关于有人跟踪所以不能离开公寓的幻觉就给了他绝佳的不在场证据。因为杰克偶然说的那句话——还有打电话的证据,都表明在两个单独的时间,他没有内尔的陪同仍然离开了公寓——我相信他是神志正常的。"

"直到最后的最后,"他温柔地说,"直到他出现在控制间的阴影处、倾听内尔讲话那一刻,我都是不确定的。尽管我很清楚自己的目的,但那都是乱猜的。我给他打电话,跟他说内尔有被逮捕的危险,我知道如果他神志正常,他就会赶过来。如果他没来,那么我的整个理论都是错的,那么一切就玩完了,至少这个节目和内尔的合同就玩完了。"

"该死,"杰克突然生气地说,"该死,马隆。所有这一切一点好处都没有。凶手是找到了,是的——但是你把一切都弄得糟透了。高曼听了这些绝不会签合同的。托茨余生将在监狱度过,这都是你干的好事。"

"不,"马隆若有所思,"托茨不会进监狱,除了这个房间里的人,没有人知道他不是个疯子。"

一丝笑容掠过亨利·吉布森·吉福德英俊的脸庞。"我活不了太久了,"他说。"我讨厌在监狱度过余生,但是他们不会把疯子送进监狱,是不是，马隆？"

"不会，"马隆说，"会去一个更舒适的地方。当新闻曝出内尔那半疯半傻的丈夫已经彻底疯了，还杀了人，那时这个世界上的人只会同情内尔的遭遇，就连高曼也会同情她的。你，杰克，应该能明白这一点。"

老人说："一个舒适的地方的一间安静的屋子，也许还有收音机，内尔能时不时来看我——我别无他求了。"

马隆站了起来。"我们走吧，吉福德？如果那些马能让人们相信了那么多月，它们现在也能让凡·弗拉纳根信服。"

内尔站起来，紧紧握住托茨的手。杰克尽力不去看她的脸。

"你千万不要哭，"亨利·吉布森·吉福德非常温柔地说，"会弄伤喉咙的，你今晚还有一场秀。"

"是的，"她说，"我今晚还有一场秀，下周的今晚，再过一周——"她的声音非常低。"如果你能为我这样做，托茨，我想我也能坚持下来。"

他吻了她一下说："我准备好了，马隆。"然后走到演播室门口，再也没有回头，就好像他要去受勋一样。

内尔非常安静地站在那里，看着他离开。没有一个人说话。杰克数着演播室地板上的方块，希望能有人说些什么，他感觉必须有个人，任何一个人，说些什么，说什么都行。最后，他听到了自己的声音。

"内尔，你不能穿着那条裙子做今晚的广播。"

紧张氛围被打破了,每个人都好像可以立刻说话了。

内尔像从一场梦中醒了过来,她看看手表。"但是,我必须得回家换衣服,广播前没有时间了。"

海琳也回过神来了。"哦,是的,"她说,"哦,是的。你见过我开车吧?"

得偿所愿

在凡·弗拉纳根昏暗的小办公室里,亨利·吉布森·吉福德,也就是托茨,已经讲完了他怎样躲开内尔·布朗的监视,然后开枪打死了保罗·马奇、基弗斯先生和约翰·圣·约翰,因为他们迫害他。有一个声音让他那么做的,他解释道。他拿出了打死马奇和圣·约翰的那把枪,抱歉说弄丢了那把打死基弗斯先生的枪,并且带着一点遗憾把现有的这把枪交给了凡·弗拉纳根。

事后,马隆说,唯一一件他没坦白的事是海琳闯过红灯。

"我们早就应该知道的,"凡·弗拉纳根对马隆说,"我们知道内尔·布朗有个脑子有问题的丈夫,但我们没想到他会完全疯掉。我们应该能看出这些谋杀案都是疯子干的——任何长着半只眼睛的人都应该能马上看出来。"

马隆谦虚地笑笑。

"她一定很苦，"凡·弗拉纳根同情地说，"我们会尽可能不让她难过。不要太声张，只要简单的认罪程序。每个人都知道他疯了几个月了。是的，我们会尽可能不让她难过。你为我拿到签名了吗？"

"我会的。"马隆许诺道。

凡·弗拉纳根转向亨利·吉布森·吉福德："你怎么特别挑选了这几个人？"

亨利·吉布森·吉福德向前倾了倾身子，信心十足地说："我想我必须要开枪打死每个和电台节目有关的人。我必须那么做。只是马隆先生劝我说我应该先告诉你。"

凡·弗拉纳根同情地点点头。

"这么弱的小个子怎么能搬动那些尸体呢。"他沉思着说。

"比格斯不知道我有车，"老男人得意地说，"而且我很强壮。我想把他们都藏到旧仓库去，但是我害怕。我点了一场很不错的大火，烧了整个仓库。我希望能再看到那么一场火。"他遗憾地叹了口气，"马隆先生说我必须得离开到什么地方去，但是我不介意，只要能带着那些马跟我一起走就行。"

凡·弗拉纳根困惑地抬起头。"马？"

亨利·吉布森·吉福德环顾房间，微笑着说："马，我的马。"他说得如此确信，以至于有那么一会儿，警官发现自己正环顾四周看它们是不是真的在那里。后来，他深深地看了马隆一眼，饱含着深切的同情和理解。

再过最后几分钟，演出就要开始了。杰克·贾斯特斯在控制间伸了伸他的大长腿，希望接下来的半小时平安度过。

高曼老爹同情到了极致。这件事会让内尔·布朗成为大众眼中的女英雄。马隆已经承诺等西海岸频道转播结束再把故事曝出来。同时，演出正常进行；演出结束就该签合同了。现在摄影师已经等在演播室休息处了。

一切尘埃落定，一切都很完美。内尔摆脱了麻烦，合同会续签。再过——他抬头看了看控制间里的钟表——再过33分钟，演出就结束了。

当然，如果海琳能把内尔及时带回演播室的话！有那么可怕的一会儿，他想到了一切可能发生的事——意外、逮捕、堵车。

演播室里，鲍勃·布鲁斯安静地微笑着做他每周一次的节目推广，介绍演出内容、明星、赞助商，然后说："演播室里的各位，请安静，除非你想大笑或鼓掌。"鲍勃·布鲁斯面色苍白，但他的表情是快乐的，转播结束之后他要去见埃西·圣·约翰。

乔·麦克弗斯踮着脚走进演播室，他那张又长又瘦的脸看上去愉快而轻松。

杰克想，每个人都很开心，只有内尔除外。内尔是那个受伤的人。下午发生了那些事，她怎么还能坚持着在转播里表演呢？但是她能。她要献出一生最好的表演，这样一来，全国上下的听众，明天早晨拿起报纸，就会记住这场演出。广播之后呢？

贝比在那里，站在戏剧演员之中，焦急地看着演播室的门。贝比说了什么话？哦，对了，"一旦有什么事发生，如果有一个像我这样的人——"，好吧，他就在那里。有一天内尔·布朗会随随便便、毫不在意地抛弃他，就像抛弃一首她唱了太多遍的歌，但是现在是贝比的好时光。

即使身处玻璃小间，他也能感受到大家突然静了下来，演播室的观众屏住呼吸翘首以待。

"——她就在这里，女士们、先生们，内尔·布朗表演剧团的明星——内尔·布朗就在这里！"（鼓掌声）

她就在那里，杰克放松地叹了一口气，她及时赶回来了。

控制间的门在他身后关上了，海琳坐进他身边的椅子里。

"坐在控制间的特殊许可，"舒尔茨笑容满面，递给海琳一块巧克力。

内尔是那么苍白！

控制间的扩音器里突然传来上一场节目广播完毕的信号声,杰克屏住了呼吸。

电台的间隙休息时间到了,然后是一阵叮叮当当,舒尔茨突然快速播了一个号码,向演播室发送了一个急速的强调信号,低语说"接住宝宝",就好像他们能透过玻璃板听到他说话一样。然后,他从口袋里掏出一包在演出期间吃的盐渍花生。

她的声音充满了那间安静的小屋——温暖,丰富,富有戏剧性,同时又像黄昏的湖泊一样平静。

"金色的月亮

——挂在子夜的天空——"

杰克突然记起有一句他本来想建议修改的台词。

好吧,现在不能修改了。

他在那把并不舒服的镀铬皮革椅子上安顿下来,把手放在海琳的手上。

29分零4秒之后,他意识到这是整个系列剧中最棒的一场演出。一切都妥妥的,一切都很完美。这真是一个广阔而美好的世界啊!

只有一件事还没办。

他在椅子上坐直,不高兴地咒骂起来。

在两场广播之间根本没有时间去王冠角结婚啊!

图书在版编目（CIP）数据

不翼而飞的尸体／（美）克雷克·赖斯著；金长蔚译．－－上海：上海文艺出版社，2020（2021.8重印）
（域外故事会侦探小说系列．第一辑）
ISBN 978-7-5321-7480-5

Ⅰ．①不… Ⅱ．①克… ②金… Ⅲ．①侦探小说－美国－现代 Ⅳ．①I712.45

中国版本图书馆CIP数据核字(2020)第061620号

不翼而飞的尸体

著　者：［美］克雷克·赖斯
译　者：金长蔚
责任编辑：高　健
装帧设计：周艳梅
责任督印：张　凯

出　版：上海文艺出版社
出　品：上海故事会文化传媒有限公司
　　　　（200020　上海市绍兴路74号　www.storychina.cn）
发　行：上海文艺出版社发行中心
　　　　（上海市绍兴路50号）
印　刷：上海中华印刷有限公司
开　本：889毫米×1194毫米　1/32　印张9.375
版　次：2021年2月第1版　2021年8月第2次印刷
ＩＳＢＮ：978-7-5321-7480-5/I·5953
定　价：35.00元

版权所有·不准翻印

上海故事会文化传媒有限公司 出品（01006）www.storychina.cn

想看更多精彩故事？
扫码下载故事会APP

上海故事会文化传媒有限公司所有图书可办理邮购，免收邮费（挂号除外）
汇款地址：上海市绍兴路74号(200020)，　收款人：上海故事会文化传媒有限公司出版发行部
联系电话：021-64338113
如发现本书有质量问题，请与印刷厂质量科联系 T：021-60829062